Alexander Grin

Der Mord im Fischladen

Rätselhafte Geschichten

Herausgegeben von
Lola Debüser
Aus dem Russischen von
Renate Landa
Photographiken von
Ulrich Lindner

Verlag Volk und Welt Berlin

Mit einem Nachwort von Lola Debüser

Auswahl aus:
Sobranie sočinenij v šesti tomach,
Verlag »Pravda«, Moskau 1965, und Zs. »Prostor«,
Alma-Ata 1982/Nr. 10

Der Vorfall in der Köterstrasse

Mir ähnlich und von gleichem Wuchs,
wirkt er doch einen halben Kopf größer,
der Lumpenhund!

Aus einer alten Komödie

1

Alexander Holz verließ den Kramladen und erreichte den Ort des Rendezvous genau eine halbe Stunde vor der vereinbarten Zeit. Während er auf den Gegenstand seiner Liebe wartete, blickte er jedem Rock nach, der die Straße überquerte, und trommelte mit dem Spazierstock ungeduldig gegen den hölzernen Prellpfosten. Er wartete traurig und leidenschaftlich, in der dunklen Gewißheit, daß es zu Ende war. Aber hin und wieder, wenn er dem Vergangenen nachlächelte, dachte er, daß sich vielleicht doch noch alles zum Besten wenden werde.

Der Abend brach an; die Köterstraße, schmal wie eine Ritze, hüllte sich in goldflimmernden Staub, aus schmutzigen Fenstern quoll Küchenwrasen und teilte der Luft einen Geruch von angebranntem Essen und nasser Wäsche mit. Übers Straßenpflaster trotteten Gemüsehändler und Lumpensammler und gaben mit heiseren Rufen von sich Kunde. Aus der Bierkneipe torkelten immer wieder Menschen mit verlangsamten Bewegungen; draußen suchten sie zuerst nach einem Halt, holten dann tief Luft, drückten den Hut so tief wie möglich in die Stirn und gingen, mit finsterer oder seliger Miene, übertrieben festen Schrittes davon.

»Guten Tag!«

Alexander Holz zuckte mit dem ganzen Körper zusammen und drehte sich um. Sie stand in lässiger Haltung vor ihm, als wäre sie nur flüchtig, für einen Moment, stehengeblieben, um sogleich weiterzugehen. Ihr lebhaftes brünettes Gesicht mit dem traurigen Blick und dem kapriziösen Brauenschwung wich Alexanders Augen aus; sie musterte die Passanten.

»Liebling!« sagte er mit verkrampft zärtlicher Stimme und hielt inne.

Sie wandte ihm das Gesicht zu und betrachtete gleichgültigen Auges seinen bunten Schlips, den Hut mit der Feder und das glattrasierte, leicht zitternde Kinn. Er hofft noch auf etwas; wir werden sehen.

»Ich...«, stammelte Alexander und kaute an den Lippen. Dann griff er in die Jackentasche, zog einen Zettel hervor und warf ihn weg. »Erlaube mir...« Hier berührte seine Hand die Hutkrempe. »Also ist zwischen uns alles aus?«

»Alles aus«, erklang wie ein Echo die Antwort der Frau. »Weshalb wollten Sie mich noch einmal sehen?«

»Nun ... hat es keinen Sinn mehr«, sagte er mit Anstrengung. Ihm schwindelte vor Leid. Er trat einen Schritt vor, faßte unerwartet für sich selbst ihre feingliedrige, verächtlich-willfährige Hand und ließ sie gleich wieder los.

»Adieu«, preßte er hervor, und das Wort war schwer wie ein Fels. »Reisen Sie bald ab?«

Jetzt sprach ein anderer für ihn, und er hörte zu, gelähmt von einem qualvollen Alptraum.

»Morgen.«

»Ihr Schirm ist noch bei mir.«

»Ich habe mir einen neuen gekauft. Adieu.«

Sie nickte ihm langsam zu und ging. Es zeigte sich, daß der Prellpfosten härter war als Alexanders Spazierstock; das zerbrechliche Hornerzeugnis zerspellte. Alexander starrte auf den Hinterkopf der davongehenden Frau, aber sie blickte nicht zurück. Dann verdeckte ein Kohlenträger mit einem riesigen Korb ihre Gestalt. Ein Stückchen Hut blinkte noch hinter der Ecke hervor – das war alles.

2

Alexander öffnete die Tür des nächsten Wirtshauses. Der Raum war voller Menschen, und es ging laut zu; schräge Sonnenstrahlen überglänzten das dichte Heer der Flaschen mit aufreizendem Schillern. Alexander setzte sich an einen leeren Tisch und rief:

»Garçon!«

Ein unpersönlich höflicher Mann mit schmuddeligem Chemisett kam herangelaufen und wedelte den Staub vom Tisch. Alexander sagte:

»Eine Flasche Wodka.«

Als ihm das Gewünschte gebracht wurde, füllte er ein Glas, nahm einen Schluck und spuckte aus. Seine Augen sprühten zornige Funken, die Nasenflügel blähten sich wütend.

»Garçon!« brüllte er, »ich habe kein Wasser verlangt, verdammt nochmal! Nehmen Sie diese Flüssigkeit, von der jede Regentonne ausreichend enthält, und bringen Sie mir Wodka! Aber fix!«

Alle, selbst die Phlegmatischsten, sprangen auf und umringten Alexander. Der verdutzte Kellner schwor, in der Flasche sei echter Wodka gewesen. In dem allgemeinen Durcheinander, da jeder Gast das Wasser kostete, um sich von der Rechtmäßigkeit der Anschuldigung zu überzeugen, wurde eine neue, versiegelte Flasche gebracht. Mit dem gekränkten und hochmütigen Gesicht eines Menschen, der schuldlos in eine verzwickte, zwielichtige Situation geraten ist, entkorkte der Wirt sie selbst. Seine Hände füllten behutsam, vor Erregung bebend, das Glas. Aus Stolz wollte er nicht kosten, aber plötzlich, von Zweifel gepackt, nahm er einen Schluck und spuckte aus: im Glas war Wasser.

Alexander amüsierte sich und verlangte, leise lachend, immer neuen Wodka. Ein unvorstellbarer Spektakel brach los. Das vor Entsetzen wachsbleiche Gesicht des Wirts pendelte hin und her, als bitte es um Schutz. Die einen schrien, der Gastwirt sei ein Gauner und die Polizei müsse her, die andern behaupteten erbittert, der Spitzbube sei Alexander. Manche brachten gottesfürchtig den Teufel ins Gespräch; ihre kleinen Hirne, vom Leben eingeschüchtert, wiesen eine Erklärung zurück, die nicht mit der Hölle verknüpft war.

Vor Hitze und Erregung keuchend, sagte der Wirt:

»Verzeihen Sie ... Ehrenwort, das ist mir ein Rätsel! Ich habe keine Ahnung, nicht die leiseste Ahnung; lassen Sie mich in Frieden! Heilige Muttergottes! Zwanzig Jahre bin ich Wirt, zwanzig Jahre!«

Alexander erhob sich und klopfte dem Dickwanst auf die Schulter.

»Werter Herr«, erklärte er, den Hut aufsetzend, »ich will es Ihnen nachsehen. Ihre Flaschen müssen aus Tüll sein; kein Wunder, daß der Alkohol verdunstet. Leben Sie wohl!«

Er ging hinaus, ohne einen Blick zurückzuwerfen, aber in dem Wissen, daß staunend aufgesperrte Münder ihm folgten.

3

Der Historiker (nach dessen Worten ich das oben Dargelegte niederschrieb) widerspricht von dem Moment an, da Alexander die Straße betreten hat, den Aussagen des Fleischers. Der Fleischer behauptet, der seltsame junge Mann habe sich in die Bäckerei begeben und ein Pfund Zwieback verlangt. Der Historiker hingegen, dessen Namen ich auf seine Bitte hin unerwähnt lasse, immerhin eine weitaus respektablere Person als ein Fleischer, schwört bei Gott, Alexander habe einer alten Frau in der Köterstraße Ecke Blindengasse Eier abhandeln wollen. Dieser Widerspruch ändert jedoch nichts am Wesen des Vorgefallenen, darum verweile ich zunächst bei der Bäkkerei.

Alexander öffnete die Tür, blickte zurück und sah eine Menschenmenge; Leute unterschiedlichster Professionen, Greise, Kinder und Frauen drängten sich hinter ihm, verhalten gestikulierend und einander mit dem Finger den seltsamen Mann zeigend, der den Schankwirt in Verruf gebracht hatte. Hysterische Neugier, verwässert vom dunklen Schrecken der Ignoranz, hetzte sie wie eine Hundemeute auf seine Spur. Alexander runzelte die Stirn und zuckte die Achseln, aber gleich darauf lachte er schallend: Sollen sie sich den Kopf zerbrechen – das ist mein letztes wunderliches Vergnügen.

Er trat zum Ladentisch und verlangte ein Pfund süßen Zwieback. Die Bäckerei füllte sich mit Kunden. Sie fragten, ganz gleich, ob sie es brauchten oder nicht, nach diesem und jenem und starrten dabei gierig in Alexanders unbewegtes strenges Gesicht. Er schien sie nicht wahrzunehmen.

Mitten in die allgemeine Spannung hinein tönte die Stimme der Verkäuferin:

»Mein Herr, was ist denn das?«

Die Waagschale, bis obenhin mit Zwieback gefüllt, vermochte nicht das Pfundgewicht aufzuwiegen. Das Mädchen streckte die Hand aus und wollte gewaltsam die Schale mit dem Gewicht herunterziehen, doch die andere Waagschale blieb wie festgenagelt stehen.

Alexander lachte und schüttelte den Kopf, sein Lachen aber war der letzte Tropfen, der die Schale der Angst zum Überlaufen brachte. Schubsend und schreiend stürzten die Zuschauer hinaus. Die Kinder, von der Menge an der Tür eingequetscht, brüllten wie am Spieß. Verwirrt, hochrot vor Schreck, stand die junge Verkäuferin hinterm Ladentisch.

Wieder ging Alexander hinaus und schlug die Tür zu, daß die Scheiben klirrten. Er hatte Lust, etwas zu zerbrechen, zu zermalmen, den erstbesten, der ihm in den Weg lief, zu schlagen. Wie er so dahinwankte – bleiches Gesicht, flackernder Blick, der Hut aufs Ohr gerutscht –, machte er den Eindruck eines Geisteskranken. Die alte Frau hätte besser daran getan, ihm nicht unter die Augen zu kommen. Er griff von ihrem Tragbrett ein Ei, schlug es auf und entnahm der Schale eine Goldmünze. »Oh!« rief die Frau verdattert, und ihr Aufschrei mündete im einmütigen »Oh!« der Menge, die die Straße überschwemmte.

Alexander ging rasch weiter und kramte in seiner Tasche. Was suchte er dort?

Die Leute umdrängten die alte Frau; die einen wollten sich schier kaputtlachen, die andern stießen sinnlose Flüche aus. Es war ein einzigartiges Schauspiel. Tattrige, gierige Hände schlugen mit unsinniger Hast Ei um Ei auf; ihr Inhalt klatschte aufs Pflaster und gerann im Staub zu glibbrigen Flecken. Doch in keinem Ei war mehr ein Goldstück, und weinerlich mümmelte der zahnlose Mund und stieß greisenhafte Verwünschungen aus; die Leute ringsum hielten sich den Bauch und stöhnten vor Lachen.

Alexander war indessen auf einen Platz gekommen, er holte aus der Tasche nicht mehr und nicht weniger als eine Pistole und setzte sie seelenruhig an die Schläfe. Der helle Hut der Frau, längst hinter der Ecke verschwunden, ließ ihn nicht los. Er zog durch, der dumpfe Knall des Schusses zerhieb die abendliche Stille, und auf die Erde fiel ein Leichnam, noch warm und zitternd.

Zu dem Lebenden hatten die Leute respektvollen Abstand gehalten, zu dem Toten stürmten sie Hals über Kopf. Also war das *einfach* ein Mensch gewesen? Also war er *wirklich* gestorben? Ein Gewirr von Fragen und Ausrufen stand in der Luft. Ein Zettel, in der Tasche des Toten gefunden, wurde ausgiebig kommentiert. Wegen eines Weiberrocks? Pah! Der Mann, der eine ganze Straße in Aufruhr versetzt, der Mann, der die einen in naive Begeisterung, die andern in rasende Empörung gestürzt, der Kindern und Frauen Angst eingejagt, der Gold hervorgeholt hatte, wo keins hingehörte, dieser Mann war wegen eines Weiberrocks gestorben? Ha-ha! Dann war ja alles klar!

Die Grabreden wurden dem toten Alexander Holz gleich hier, auf der Straße, gehalten, von dem Schankwirt und der alten Frau. Sie kreischte freudig auf und zeterte:

»Ein Scharlatan!«

Der Wirt fiel giftig und genüßlich ein:

»Jawohl!«

Die Einwohner gingen auseinander, Arm in Arm mit der Ehefrau oder Geliebten. Da war kaum einer, der in diesem Moment nicht seine Freundin geliebt, ihr nicht kräftig die Hand gedrückt hätte. Sie besaßen, was der Verstorbene nicht besessen hatte – ein Weib. In ihren Augen war er schwach und kläglich – was half's, daß er über besondere Eigenschaften verfügt hatte; unglücklich war er trotzdem gewesen – wie angenehm, wie angenehm, wie unsagbar angenehm!

Zweifeln Sie nicht – alle waren froh. Und wie in einem Holzhaus ein glimmendes Streichholz ausgetreten wird, so löschten sie in sich den Gedanken: Vielleicht … vielleicht – hatte er *noch etwas anderes gebraucht*?

1909

Der Zyklon in der Regenebene

1

»Nach Westen, nach Westen, Enoch! Guckt nach Westen!« schrie Kwoll und jagte vorüber. Seine weiße Leinenjacke plusterte sich im Wind, der mit gleichmäßigem traurigem Heulen übers Feld fegte. Kwolls Droschke hüpfte wie verrückt und wäre, in einer tiefen Fahrrinne hängenbleibend, beinahe umgestürzt.

Einen Augenblick später waren Kwoll, Droschke und Pferd in stickigen, von den Hufen aufgewirbelten rötlichen Staubwolken verschwunden. Enoch wischte sich mit dem Ärmel den Schweiß ab und hob den Kopf; das gleiche, bloß schneller, taten seine beiden Söhne, die mit ihm arbeiteten.

»Ship«, sagte der Farmer, »wer ist hier vorbeigerast und hat geschrien, wir sollen nach Westen gucken?«

»Kwoll, Vater«, antwortete Ship und warf den Spaten hin. »Und er hat recht, was sich da zusammenbraut, kriegst du ein andermal nicht für Geld zu sehen. Oje!« rief er, »ja, das ist wirklich ein übler Streich!«

Drei Paar weitaufgerissene Augen starrten gen Sonnenuntergang, und drei Seufzer verschmolzen zu einem.

Die Sonne verschwamm. Tief überm Horizont, blickte sie matt und finster auf Enochs gelben Mais; eine unsichtbare Schwere senkte sich von ihrer roten Scheibe auf das wogende Meer der Stengel, und die niedrigen Wolken, gleichsam aus dem Himmel herausgebrochen, nahmen einen Kupferton an. Der westliche Teil des Himmels rötete und trübte sich, als wären hundert Meilen weit weg Millionen Fuhren Ziegelschotter umgekippt. Das Licht schwand: Das klare, strahlende Sonnenlicht hatte sich in durchsichtigen rötlichen Dunst verwandelt, die Straßengräben verloren ihr leuchtendes Grün und wurden schlagartig grau, als wären sie mit Vitriol übergossen. Der Wind legte sich, die Erde, dem Ersticken nahe, schwieg. Mit verzweifeltem Wehklagen flog ein beschopfter Wiedehopf auf, schlug mit den Flügeln und flatterte quer übers Feld.

»Riol«, sagte Ship zu seinem jüngeren Bruder, »ich sehe dich wie durch rotes Glas.«

Enoch, von tödlicher Blässe bedeckt, hob mit einem Fluch die Arme und schüttelte die geballten Fäuste. Alles aus! Die Mühsal eines ganzen Sommers, die ständige Sorge, die Träume von Landzukauf – davon würden nur ein Haufen zerquetschtes Maisstroh und Zauntrümmer übrigbleiben. Ach! Das hatte er nicht erwartet.

Der Sonnenuntergang fesselte magisch seine zornigen, erschrockenen Augen. Der abscheuliche rote Himmelsbrand gemahnte an eine riesige, zum Schlag erhobene Hand.

Riol seufzte schwer und kratzte sich mechanisch den

Hinterkopf. Ship blähte aufgeregt die Nasenflügel, er sah den Vater durchdringend an und lachte kurz auf. Der Farmer lief rot an.

»Idiot!« brüllte er. »Auch noch lachen!«

Ship biß die Zähne zusammen. Ein Zittern, wie Jucken oder Lachen, durchdrang sein ganzes Wesen. Sein Kummer, der ihn mit Schlaflosigkeit und schweren nächtlichen Tränen gequält hatte, schien in der schwelenden Raserei der Atmosphäre einen Ausweg zu finden. Er hatte keine Angst, im Gegenteil, er verharrte reglos in der unbewußten Erwartung einer sofortigen und grausamen Lösung.

»Marsch nach Hause!« knurrte der Vater. »Gott läßt nicht mit sich spaßen. Das ist für unsre Sünden, hörst du, Riol?«

Gealtert vor Verzweiflung, schritt er langsam mit bloßem Haupt den Weg entlang, hin und wieder stehenbleibend, um einen traurigen, leidvollen Blick nach Westen zu werfen. Riol folgte ihm, erschrocken, schweigsam; Ship beschloß die Prozession.

Über den Feldern kreisten schon kleine trockene Windwirbel, sie zausten und zwirbelten die Spitzen der Maisstengel. Der Osten sank in frühe Dämmerung – mißmutig knarrten die Bäume und verneigten sich vor den todgeweihten Feldern.

»Riol«, sagte Ship, »du läufst doch jetzt zu Mary? Richte ihr aus, daß mir ihr Schicksal nicht weniger am Herzen liegt als das meine. Uns allen droht der Tod.«

Riol sah den Bruder traurig an.

»Sie wird er nicht anrühren«, sagte er überzeugt. »Bei uns ist das was andres. Wir haben vielleicht eine Strafe verdient. Aber sie?«

»Riol«, sprudelte Ship hervor, »weißt du, mich amüsiert das.«

Riol verfärbte sich. Er fand das Benehmen des Bruders ungehörig.

»Dann amüsier dich«, sagte er beherrscht und beschleunigte den Schritt, denn ein Windstoß knuffte ihn in den Rücken. »Mir tun die Menschen leid. Ship, was wird aus ihnen?«

»Nichts weiter. Köpfe werden abgerissen, Dächer abgedeckt.«

»Ship! Du Gottloser!« schrie Enoch. Er drehte sich um und fuchtelte mit dem Spaten. »Ich spalt dir den Schädel und pfeif drauf, daß du mein Sohn bist! Welcher Teufel ist in dich gefahren?«

»Schneller!« stöhnte Riol. »Laufen wir. Hört ihr, hört ihr?«

Fernes brüllendes Tosen umfing die Erde. Enoch blieb stehen, die Beine knickten ihm ein und zitterten. Ihn dünkte, Tausende Züge kämen von allen Punkten des Horizonts dem Zentrum entgegengeflogen, das er war.

»Ja, laufen wir!« stimmte er zu.

Alle drei rannten auf das nahe Dach der Farm zu, und sie keuchten wie abgehetzte, wild gewordene Pferde.

2

Der erste Schlag des Zyklons beutelte stöhnend und knirschend die Erde, trübte die Luft mit Wolken von Erdklumpen, abgefetzten Maiskolben und einem Hagel von Steinschutt. Die gellende Nacht machte blind, riß die

Beine weg, schlug ins Gesicht. Ship lag bäuchlings auf der Erde und versuchte sich vorzustellen, in welcher Richtung die Farm lag. Dann drückte er sich den Hut ins Gesicht und dachte, daß es besser und ungefährlicher sei, vorläufig auf dem Feld zu bleiben, wo es keine Mauern und harten Gegenstände gab.

»Vater! Riol!« rief er und versuchte etwas zu erspähen.

Vielstimmiges rasendes Geheul erstickte seine Worte, als wäre es nicht der Schrei eines Menschen gewesen, sondern der Seufzer einer Fliege. Wirbelnde Finsternis fegte über Ships Rücken hinweg. Er stand auf, dem Irrsinn der Luft und der unbändigen Erregung seines Organismus gehorchend, der ihn drängte, sich zu bewegen, zu schreien, irgend etwas zu tun. Doch im gleichen Moment stürzte er, wie von einem Schuß getroffen, in den Straßenstaub und drehte sich wie ein Kreisel, wobei er instinktiv das Gesicht schützte. An Gehen war nicht zu denken. Er legte sich quer auf den Weg, stützte sich mal mit den Füßen ab, mal mit den Händen, während ihn der Wirbelsturm auf die Farm zutrieb.

So wurde er etliche Minuten über die Erde gerollt und hatte bald am ganzen Körper keine heile Stelle mehr. Zeitweise dachte er, das Ende der Welt wäre gekommen, alle wären schon tot und nur er, Ship, kämpfte noch gegen den Wahnwitz der Luft. Er kullerte in den Straßengraben und merkte, daß der Zyklon etwas nachließ. Vielleicht war das eine zufällige, bedeutungslose Pause der Tragödie, aber nein, der Wind blies gleichmäßig und mit einer Kraft, die einen Fußgänger nicht zu töten oder durch die Luft zu wirbeln drohte.

Ship machte den Versuch aufzustehen und kam, wenn

auch mit Mühe, auf die Beine. Der Wind schubste ihn vorwärts, ließ ihm keine Verschnaufpause. Nach ein paar Metern stieß er mit dem Ellbogen gegen etwas Hartes. Blitzschnell umklammerte er mit dem anderen Arm den unsichtbaren Gegenstand: Es war ein Baum oder Mast.

»Die Straße«, sagte Ship und rang nach Luft.

Jetzt hatte er nur noch den qualvollen Wunsch, die lebendige Mary zu finden oder sich neben ihren Leichnam zu legen. Er lief drauflos und stieß gegen zerstörte Wände; eine unbegreifliche, beinah frohlockende Besessenheit lenkte seine Bewegungen. Das war zeitweiliger Wahnsinn, der Rausch des Entsetzens, dennoch sah er in allem, was geschah, etwas längst Erwartetes und Notwendiges.

»Mary!« rief er, fallend und wieder aufspringend, »Mary! Riol!«

3

Katastrophen sind voller Überraschungen, und der wilde Wirrwarr der Empfindungen läßt den Menschen keine Zeit, sich die Faktenkette der Ereignisse zu merken, denn alles – Erde und Himmel und der vom Irrwitz der Ereignisse erschütterte Verstand – alles ist eins.

Die Finsternis verblaßte. Der ganze Kleinkram, der ganze irdische Müll, das von Menschen Geschaffene, in schmutzigen Kehricht verwandelt, war hinweggeweht worden, und die Luft war jetzt rein und grau wie das Antlitz eines Kranken im Angesicht des Todes. Die Luft sammelte über der verwüsteten Ebene ihre frühere Kraft,

und die Wolken, die mit dem Wind nicht mitkamen, rissen in Stücke wie die Segel eines in großer Höhe berstenden Luftschiffes.

Ship stieg über einen Haufen Balken; seine verschleierten Augen erspähten Mary. Sie hockte da, an ein heilgebliebenes Stück Wand gelehnt, Riol saß neben ihr, an ihre Knie geschmiegt wie ein schutzsuchendes Tier.

»Überreste von Menschen! Überrest von Besitz!« brüllte Ship und beugte sich zu Riol. »Alles hinüber, stimmt's, Mary? Alles hinüber.«

»Alles hinüber«, erwiderte das Mädchen wie ein Echo.

»Mary«, fuhr Ship fort, »geh mit mir weg von hier! Ich bin heute betrunken, von der Luft betrunken, und ich weiß nicht, ob du mich hörst, denn meine Stimme ist schwächer als der Sturm. Verlaß Riol, diesen Waschlappen! Wir bauen uns ein neues Haus auf neuem Grund.«

»Du bist verrückt!« sagte Riol, der einige Worte Ships aufgefangen hatte. »Verschwinde!«

»Mary!« sprach Ship weiter, »ich weiß nicht, was mit mir vorgeht, aber ich schäme mich kein bißchen vor meinem lieben Bruder. Ich sag dir in seinem Beisein: Noch bevor er deine Hände küßte, habe ich dich geliebt!«

»Ship!« sagte Mary leise, und er berührte mit der Wange fast ihre Lippen, um ihre Worte zu erhaschen. »Ship, ist das jetzt der richtige Augenblick, um zu streiten? Vielleicht sterben wir alle. Wir sind ruiniert, Ship!«

Ship lehnte sich an die Wand. Aus seiner Brust kamen röchelnde Atemstöße; zerschlagen, hohlwangig, das Gesicht voller blauer Flecke, sah er grauenhaft aus. In seiner Seele aber erhob sich ein seltsamer Triumph: von der Liebe übergangen, freute sich dieser finstere Bursche an der Zerstörung. Darin waltete Gerechtigkeit, das begriff er.

»Ihr Kwolls, Toms, Dribbs und Konsorten!« schrie er und legte die Hand an den Mund. »Ich weiß schon lange, daß es an der Zeit ist, mit diesem ganzen Dreck so umzugehen! Wer hat auf Ranteis Begräbnis gelacht? Wer hat Lemms Mutter beraubt? Wer hat Falschaussagen über Boots' Pacht gemacht und ihm sein ganzes Geld wegprozessiert? Wer ist schuld, daß Redge die Schwindsucht gekriegt hat? Hört her, es ist Gerechtigkeit im Wind! Ich bin froh, daß alle hinweggefegt wurden, ich bin froh und freue mich!«

Er gebärdete sich wie ein Tobsüchtiger und stampfte im Takt seiner Worte mit den Füßen. Das Mädchen weinte.

Riol zog den Revolver.

»Ship«, sagte er, »geh weg. Du bist unser Feind. Geh, oder ich erschieße dich. Heute gibt es keine Brüder, nur Freunde oder Feinde. Geh jetzt!«

»Ship! Riol!« rief Mary.

Eine neue Wolke von Steinhagel, trockenen Ästen und Maisstengeln ging auf die Köpfe der drei Menschen nieder. Ship zog seinerseits den Revolver.

»Wenn das die Wahrheit ist«, rief er, »ich war immer einer von den Schnellen! Heute ist alles möglich, Riol, weil alles verloren ist und weil alle wie Tiere sind! Weg von diesem Mädchen!«

Mary stand auf, weiß wie Milch.

»Töte auch mich, Ship«, sagte sie.

»Oh – ah!« schrie Ship. »Dann liebe einen Toten!«

Und er schoß Riol in die Brust. Der Jüngling bäumte

sich auf, ein Zittern durchlief ihn, und er fiel auf die Seite. Im gleichen Augenblick schlug Mary mit der ganzen Kraft ihrer zarten Hand Ship ins Gesicht, und er heulte auf vor Wut.

»Drück schon ab, du Schurke!« sagte sie.

Aber er bog ihr die Arme zurück und preßte sie an sich, zur Raserei gebracht von seinem Blut, dem Fauchen des Zyklons und dem schutzlosen Mädchenkörper. Da brach, gleich einem Tapir, der in vollem Lauf von einem Giftpfeil ereilt wird, der Sturm zusammen. In der Luft kreisten noch Stroh, Staub und Späne, aber das alles rieselte wie Regen herab. Drückende Stille breitete sich aus.

Ship zuckte zusammen und ließ das Mädchen los. Ihm war, als habe sich eine fremde Hand auf seine Schulter gelegt. Taumelnd vor plötzlicher Schwäche, lief er auf den Weg.

Er sah zerraufte, verstümmelte, verwüstete Felder, abgerissene Dächer, Wohnstätten, in den Nähten auseinandergeplatzt wie Lumpen, in Gräben geschleudertes Hausgerät, umgestürzte Bäume, vereinzelte Überlebende.

Und das eben Durchlebte flutete in seine Seele – als traurige Klage an Himmel, Erde und Menschen.

1909

Der Schandpfahl

1

Solange die Bewohner der Kolonie Canterville in den Sümpfen umherstapften und Baumstümpfe rodeten, auf deren Schnittfläche bequem sechs Menschen hätten sitzen und mit den Beinen baumeln können, solange sie zu tun hatten, ihren Hunger notdürftig zu stillen, gegen vagabundierende Gauner des Landes zu kämpfen und Pfähle für das Fundament ihrer künftigen Nester einzurammen, hätte ein strenger Sittenrichter sie höchstens ihrer Vorliebe für deftige Ausdrücke bezichtigen können.

Als aber die Häuser gebaut, die Felder bestellt, Schilder mit den Aufschriften »Schule«, »Gasthaus«, »Gefängnis« und dergleichen aufgehängt waren und das Leben in eintönig-nützlichem Strom dahinplätscherte wie gefangenes Wasser in einem Drainagerohr, kam es zu allerlei Vorfällen. Die Ära der Vorfälle eröffnete der notorische Geizkragen Glassin, der an den verschwenderischen, lebenshungrigen Petager alles verlor, was er besaß: Haus, Pferde, Kleidung, landwirtschaftliches Gerät, er behielt nur das, was er auf dem Leibe trug.

Dann folgten Diebstähle, Fälschung eines Testaments, eine Straßenbarrikade auf der Kreuzung, wo drei Verrückte ihr Recht auf ein Stück Land mit dem Gewehr in der Hand verteidigten; einer von ihnen wurde getötet, und als man ihn aufhob, steckte zwischen seinen Zähnen eine Zigarre. Einem Mann lief die Frau weg; einem andern, der eine entzückende Freundin und zwei kleine Mädchen hatte, kam, nachdem sie seine Adresse ausfindig gemacht hatte, aus dem fernen Westen eine weinende, reich gekleidete Frau nachgereist; sie hatte wunderschöne, nagelneue Reisetaschen und rote Haare. Das letzte, was die breitknochigen Frauen und die bärtigen Männer von Canterville, die, nebenbei gesagt, während ihres achtmonatigen Campierens in Auswandererzelten alle flüchtigen Reize derber Liebelei erfahren hatten, in Empörung versetzte, war die abscheuliche, eines anständigen Mannes unwürdige Entführung der lieben Daisy Crock. Sie war ein bildhübsches und stilles Mädchen. Wer sie lange ansah, hatte das Gefühl, als umhüllte ein bebendes lichtes Gespinst ihren Körper. Daisy hatte viele Verehrer, aber entführt wurde sie von Goan Gnor, eines Abends, als auf der staubigen Straße im Licht der untergehenden Sonne schwer zu unterscheiden war, ob da von der Tränke heimkehrende Bullen einander in die Wolle gerieten oder ob eine Gefangene, deren Mund von starker Hand verschlossen war, gewaltsam in den Sattel gehoben wurde. Goan war übrigens immer höflich, obwohl er allein lebte, was ja bekanntlich eine gewisse Rauhbeinigkeit mit sich bringt. Niemand hatte von diesem Mann solch eine Wahnsinnstat erwartet.

Verbürgt ist, daß Goan eine Woche zuvor auf einem Ball lange und leise mit dem Mädchen gesprochen hatte. Beobachter hatten gesehen, daß der junge Mann mit erbarmungswürdigem Gesicht dastand, bleich und wie von Sinnen. »Ich liebe niemanden, Goan, glauben Sie mir«, sagte das Mädchen. Die Frau, die diese Worte erlauscht hatte, schwelgte drei Tage lang in Seligkeit; sie wiederholte den Satz mit unterschiedlichen Intonationen und Kommentaren. Goans Pferd, das am Waldsaum dahinjagte, trat in ein Loch und brach sich das Bein; der Entführer war genau eine Stunde nach dem Verbrechen gefaßt.

Die berittene Menge umdrängte die Stelle, wo das Pferd gestürzt war, so dicht, daß außer den wütenden Bewegungen der Arme und Rücken nichts zu erkennen war. Schließlich brach der Ring auf, und das ohnmächtige Mädchen wurde zum Gebüsch geschleift. Daisys Vater, ihre Brüder und Onkel verprügelten schweigend den vom Pferd eingequetschten Goan, dann gingen sie, müde und in Schweiß geraten, mit blitzenden Augen davon, und vom Boden erhob sich der geschundene Goan und spuckte dickes Blut. Das Gesicht von riesigen Blutergüssen bedeckt, sah er jämmerlich und furchterregend aus, er taumelte und krächzte Unverständliches.

Die in entlegenen Gegenden stets unvollkommene Rechtssprechung hatte in diesem Fall keinen direkten Grund, Goan des Lebens zu berauben, zog ihn aber wegen schwerer Kränkung der Familie Crock und des Mädchens dennoch zur Verantwortung. Nach langem Hin und Her wurde vor dem Gasthaus ein Holzpfahl in die Erde gerammt und Goan daran festgebunden, die Hände

hinter dem Pfahl gefesselt; dergestalt sollte er vierundzwanzig Stunden ohne Nahrung und Wasser stehen und dann im guten seiner Wege gehen.

Goan ließ die Prozedur stumm über sich ergehen, zitterte aber wie eine vergiftete Fliege. Die Wortführer von Canterville und sonstige Neugierige traten in gebührlichen Abstand zurück, weideten sich am Werk ihrer Hände und gingen langsam nach Hause.

Es wurde dunkel. Goan leckte die zerschlagenen, an den Zähnen festgetrockneten Lippen und grübelte an einem Racheplan. In seiner Seele war alles leergebrannt, er spürte weder Scham noch Wut; gleichmütig versuchte er sich ins Gedächtnis zu rufen, wer ihn wie geschlagen hatte, wessen Geschrei besonders böse und wessen Stimme besonders laut gewesen war. Das kostete viel Kraft, und er ermüdete bald; da mußte er daran denken, daß er Daisy nie wieder sehen würde. Er vergegenwärtigte sich die süße Schwere ihres bebenden Körpers, ihren raschen Herzschlag, den er in den wenigen glücklichen Minuten an seiner Brust gefühlt hatte, ihren zurückgeworfenen Kopf und seinen einzigen Kuß auf die Stelle, wo über ihrer Brust ein Knopf aufgesprungen war. Und er stöhnte in unstillbarem Leid und spannte die Arme an; der Strick versengte ihm die Haut der Handgelenke. Die Nacht und noch ein Tag!

Goan trat von einem Fuß auf den andern. Manchmal versuchte er sich glauben zu machen, das alles wäre ein Traum; er warf den Kopf zurück, gegen den Pfahl, und die Illusion zerstob. Von der Seite kamen schleichende Schritte, stockten in seiner Nähe und verhallten dann an der Kreuzung. In den Fenstern erlosch das Licht, eine verschwommene Silhouette kam, häufig innehaltend, auf Goan zu, und der Delinquent erglühte plötzlich, wurde in der Dunkelheit rot bis in die Haarwurzeln; die Schläfenadern füllten sich mit Blut und hämmerten einen rasenden Takt. Betäubende Scham überschwemmte Goans Verstand; aufstöhnend schloß er die Augen und machte sie gleich wieder auf. Ganz dicht vor sich sah er Daisys trauriges Gesicht und ihre weit offenen Augen, aber er konnte nicht die Hand ausstrecken, um Vergebung zu erbitten.

»Auch Sie ... kommen schauen«, sagte er leise, »gehen Sie, vergeben Sie mir.«

»Ich gehe gleich«, flüsterte das Mädchen hastig, »aber Sie haben sich nicht verteidigt, warum haben Sie das alles zugelassen?«

»Ach!« sagte Goan. »Worte des Mitleids; aber es ist zu spät, Daisy. Sie quälen mich, doch ich liebe Sie. Gehen Sie, nein, bleiben Sie ... oder gehen Sie, das ist wohl das beste.«

»Sie tun mir schrecklich leid.« Sie streckte die Hand aus und strich mit rascher, mütterlicher Geste über Goans zerzaustes Haar. »Nicht doch, weinen Sie nicht. Sie ... oder nein, ich gehe, man wird uns sehen.«

Sie trat zurück in die Dunkelheit und verschwand lautlos. Bebend und lächelnd schluckte Goan die großen, salzigen Tropfen, die ihm aus den starren Augen flossen, sie erwärmten seine Wangen und sein Herz.

Durch die Luft pfiff ein Stein, prallte gegen den Pfahl, streifte Goans Ohr und fiel dem Entführer vor die Füße.

»Für Sie, Daisy«, sagte Goan, »nur für Sie.«

2

Am Morgen, als der Straßenverkehr zum Erliegen kam, weil viele in der Nacht nicht geschlafen hatten, um in aller Frühe den Aufrührer der öffentlichen Ruhe zu betrachten, wurde Goan losgebunden. Ein Häuflein verlegen grinsender Burschen trat von hinten zu dem an den Pfahl Gefesselten. Daisys Bruder, ein Recke mit mächtigen Hauern, schnitt mit einem Messer den Strick durch.

»Wir haben Befehl, dich freizulassen«, murmelte er und hüstelte. »Also geh... und laß dich hier nicht wieder blicken.«

Goan stürzte zu Boden, stand, sich mit den Händen abstützend, mühsam wieder auf und ging nach Hause, hin und her schwankend, als bewege er sich bei Sturm über Schiffsplanken. Die Menge trat beflissen auseinander.

Eine Stunde später hing an der Tür von Goans kleinem Haus ein Schloß. Zugenagelte Fenster, Hufspuren am Zaun, die Stille der Wände – all das zeigte, daß der Wille der Kolonie erfüllt war. Die Leute sahen, wie Goan auf seinem zweiten Pferd, einem Schimmel mit gelblichem Schweif und Rist, ohne einen Blick zurück durch die Gärten zur abgemähten Wiese der Crocks ritt. Dahinter begann ein Waldpfad, der Weg des Wildes und der Jäger.

Goan ritt im Schritt und kämpfte gegen den unerträgchen Wunsch, umzukehren, um wenigstens noch einmal Daisys vertrautes Fenster zu sehen. Es kostete ihn große Kraft, mit geschwollener Hand die Zügel anzuziehen. Am Flüßchen machte er halt und sah in die funkelnde Strömung des Wassers; von dort unten blickte ihm sein verquollenes dunkles Gesicht entgegen. Einen neuen Wohnort zu suchen machte ihm keine Sorge – die Erde ist groß.

An der Wegbiegung zu den Bergen, wo, hinter der blauen Ferne des Dickichts, eine große Hafenstadt lag, hörte Goan hinter sich undeutliche Geräusche, und er wandte den Kopf, während er weiterritt und düsteren Zukunftsgedanken nachhing. Immer deutlicher war im widerhallenden Wald Hufgetrappel zu hören; Goan brachte das Pferd zum Stehen, atemlos kam Daisy hinter ihm hergeritten.

Das fassungslose Staunen in seinem Gesicht löste ihr die Zunge. Er glaubte zu verstehen, wagte aber nicht, dem zu trauen. Als Daisy heran war, sagte sie:

»Goan, nehmen Sie mich mit. Ich kann hier nicht mehr leben. Alle hacken auf mir herum, sie haben das Gerücht ausgestreut, ich hätte mit Ihnen gemeinsame Sache gemacht. Ja, wir hätten ein Kind, das wir irgendwo versteckt hielten.«

Goan schwieg. Das Pferd, auf dem das Mädchen saß, schien ihm aus Morgenlicht gegossen.

»Mein Vater hat mir sehr weh getan«, fuhr Daisy fort. »Er sagt, das wär alles bloß eine Komödie gewesen und ich wär in Sünde gefallen. Aber Sie wissen, daß es nicht wahr ist. Und Sie brauchen mich nicht noch einmal zu entführen. Ich habe eine Flut von Bosheit und Kränkungen erduldet.«

»Liebes Mädchen«, sagte Goan und lächelte übers ganze zerschlagene Gesicht, »die Männer würden Sie jetzt dafür verurteilen, daß nicht sie versucht haben, Sie zu erobern ... und die Frauen dafür, daß Ihnen der Vorzug gegeben wurde. Die Menschen hassen die Liebe. Kommen Sie nicht näher, Daisy, ich schwöre, ich kann mich nicht beherrschen und küsse Sie. Verzeihen Sie mir!«

Aber bald neigten sich ihre Köpfe zueinander, und zwei Lieben, eine aufglühende und eine längst hellauf lodernde, verschmolzen miteinander wie ein Waldbach mit einem großen Fluß.

Sie lebten lange und starben am selben Tag.

1911

MONDLICHT

1

Penkal stand auf der Schwelle der Schmiede, eine schwere Stange in der linken Hand, und lächelte freundlich, als er Braid herankommen sah.

Es war ein sonniger Tag. Die Schmiede, von Penkal erst vor kurzem aus goldschimmernden Kiefernstämmen gebaut, strahlte außen vor Sauberkeit, dafür war sie innen dank der Zerstreutheit ihres Besitzers ein staubiges Eisenchaos. Braid klapperte mit dem mitgebrachten Eimerchen, drückte Penkal die Hand und setzte sich neben die Tür, die Knie weit auseinander. Der in den Nacken geschobene Hut gab eine kluge Stirn frei; die aufmerksamen kleinen Augen musterten Penkal neugierig.

»Können Sie ihn heilmachen, Penkal?« sagte er schließlich und drehte den Eimer mit dem Boden nach oben. »Er hat zwei Löcher, da müßten Flicken drauf, aber vielleicht kennen Sie noch eine andere Methode?«

»Wird gemacht«, antwortete Penkal. Er nahm den Eimer aus Braids Hand und warf ihn sacht auf einen Haufen Eisenkram, dann spuckte er in die Hände und kümmerte sich um das Feuer im Herd. Braid betrat die Schmiede.

»Sie fangen spät mit der Arbeit an«, sagte er und durchstöberte mit den Augen alle Winkel des verräucherten Raumes. »Ihre Frau war gestern bei uns, Penkal.«

Penkal hantierte geräuschvoll mit dem Blasebalg, die Luft fauchte mit gleichmäßigen Schnaufern in die Feuerschüssel und übersprühte den Schmied mit einem Funkenregen. Braid wartete gespannt, ob Penkal auf die Erwähnung seiner Frau reagieren und damit das Gespräch auf die Frage bringen werde, die das ganze Dorf interessierte. Aber Penkal starrte unverwandt ins Feuer.

»Sie hat ein Weilchen bei uns gesessen und ist wieder gegangen«, fuhr Braid kleinlaut fort. »Man kann nicht sagen, daß sie glücklich ausgesehen hätte.«

»Und weiter?« sagte Penkal. »Sie kommt doch jeden Abend zu Ihnen.«

Braid faßte sich ein Herz.

»Sie hat sich über Sie beklagt, Sie wären ... sie hatte ganz verweinte Augen. Was ist das für eine Familiengeschichte? So eine, die keinen Dritten etwas angeht? Das kann ich nicht gutheißen. Freilich, wenn man mir irgendwas erzählt, hör ich's mir an, geb aber nichts weiter drauf. Die Leute werden ihre Gründe haben, sag ich mir. Was für welche? Das muß ich nicht wissen. Soll jeder leben, wie es ihm gefällt. Stimmt's, Penkal?«

»Genau«, antwortete der Schmied.

Braid haschte enttäuscht nach einer Fliege und warf sie bekümmert in den Herd. Penkals Verschlossenheit hielt er für überflüssige, ja ungehörige Vorsicht. Was verbarg sich hinter diesem angeknabberten Schnurrbart? Aber vielleicht war das alles Unsinn?

Sie schwiegen. Penkal schlug mit dem Hammer auf das Eisen, hielt nur manchmal inne, um die in die Stirn fallenden schwarzen Haarsträhnen zurückzustreichen. Als das Eisenstück erkaltet war, schob er es ins Feuer und fragte:

»Haben Sie den langen Reetl gesehen, das Klatschmaul? Heute nacht ist er Boot gefahren, und ich glaube, er ist von der Strömung weiter abgetrieben worden, als nötig gewesen wäre.«

Braid schneuzte sich ohne die geringste Notwendigkeit.

»Nun ja«, sagte er gezwungen und wich Penkals Blick aus. »Dieser Reetl... Er ist wirklich weit gefahren... Ihnen nach... und es könnte leicht den Anschein haben... Übrigens war er schon immer neugierig.«

»Meinen Sie nicht, daß er ein Hohlkopf ist?« fragte Penkal sanft.

»Ein Hohlkopf? Schon möglich...« Braids Gesicht spannte sich qualvoll, während er dachte, daß sich aus Penkal wohl kaum etwas herausquetschen ließ.

»Er ist ein Hohlkopf«, sagte Penkal ungehalten, »es könnte ihm nicht schaden, sich Ihre Meinung zu eigen zu machen: Soll jeder leben, wie es ihm gefällt, nicht wahr? Hab ich nicht recht?«

»Ja, ja«, sagte Braid unwillig. »Also, dann hol ich mir gegen Abend den Eimer. Ist ja nicht so dringend. Ich muß jetzt noch den Zaun ausbessern.«

Er stand auf, druckste noch ein bißchen herum und ging. Als er nach ein paar Schritten zurückblickte, war die niedrige Türöffnung vom lodernden Feuer erhellt; im rötlichen Schein bewegte sich die gebeugte Gestalt des Schmieds.

Penkal hantierte emsig mit dem Blasebalg, bemüht, durch körperliche Anstrengung seine schwere Verstimmung zu überwinden. Ja, bald würden sie ihm sonstwas unterstellen.

Er lächelte; von klein auf hegte er trägen Widerwillen gegen jede Art von Erklärungen und Klarstellungen. Es ging die andern nichts an.

Penkal brachte seine Arbeit zu Ende, schloß die Tür, wusch sich und ging langsam nach Hause, zu den gedrängt stehenden plumpen Häusern der Siedlung. Ihm entgegen kam seine Frau, ein tieftrauriges Lächeln im leichtsinnigen und schönen Gesicht. Penkal beschleunigte den Schritt.

»Guten Tag, Zicklein«, sagte er und küßte sie auf den Kopf. »Ich war zwei Tage nicht zu Hause, komm schnell, ich habe plötzlich solche Lust, dir beim Mittagessen gegenüberzusitzen. Claudia! Zieh nicht so ein Gesicht!«

Die junge Frau zupfte verwirrt eine Franse ihres bunten Schultertuchs zurecht und fing an zu weinen, ohne die Haltung zu verändern. Penkal runzelte die Stirn.

»Schon wieder, Claudia«, sagte er und blickte ihr in die Augen. »Überleg mal, hast du auch nur den geringsten Grund, dir die Äuglein zu verderben? Und außerdem ... gehst du auch noch zu den Leuten und beschwerst dich über mich; das ist wirklich häßlich. Was hab ich dir getan?«

Die Frau wischte sich die Augen, aber sie waren gleich wieder feucht.

»Du bist selber schuld, Penkal«, sagte sie, und in ihre

vorwurfsvollen Worte mischte sich bitteres Schluchzen, »fast einen Monat ... jeden Tag ... jede Nacht ... Niemand weiß, wo du hingehst. Die Leute machen sich über mich lustig. ›Penkal‹, sagen sie, ›das ist ein Mannskerl!‹ Was sagst du dazu? Du erzählst mir ja nichts. Zuerst haben sie herumgerätselt, jetzt tuscheln sie, und wenn ich hereinkomme, sind sie still und sehen mich merkwürdig an. Vielleicht machst du Falschgeld... Dann sag's mir, Liebster, ich verrat dich nicht... Ach, mir ist so elend.«

Sie verstummte; ihr halboffener Mund und ihr gerader Blick zeigten naives Entsetzen. Penkal faßte seine Frau um die Taille.

»Ich streife umher, Claudia, gehe auf die Jagd«, sagte er ernst. »Siehst du, nun sag ich die Wahrheit, aber du guckst ungläubig. Ja, Claudia, das ist alles. Ich hätte es dir schon früher sagen sollen. Aber wenn ein Jäger immer mit leeren Händen heimkommt... Gehen wir. Ich will versuchen, dich zu beruhigen.«

Er nahm sie an die Hand wie ein kleines Mädchen, ging mit ihr den Hang hinab und redete unentwegt. Nach hundert Schritten hatte sich die Frau beruhigt. Als sie ihr Haus fast erreicht hatten, sah ihr Gesicht blank und besänftigt aus. Im Innern aber dachte sie wohl etwas spöttisch: So ein Kauz!

2

Der Ufersand, von Mondlicht überflutet, verschwamm mit dem geheimnisvollen Leuchten des verschlafenen Wassers und weiter weg mit dem feierlichen Dunst des anderen Ufers, das voll stummer Silhouetten war.

Alles war überschwemmt. Wasser bedeckte die kleinen Inseln, die Landzungen und die Sandbänke, die sich gegen Sommerende gebildet hatten; die gemessene Kraft des Wassers hatte das halbentblößte Gerippe des Flußbettes zugedeckt – ein stiller Moment des Triumphes, und der stattliche Waldfluß glich einer riesigen vollgefressenen Schlange.

Penkal blieb bei den stark unterspülten Zypressen stehen, stapfte mit den Stiefeln ins kalte Wasser und machte rasch das Boot los, das an freiliegenden Baumwurzeln festgebunden war. Es roch nach feuchter, würziger Frühlingsluft. Als er die Riemen ins Boot legen wollte, vernahm er die leichten Schritte eines Menschen und richtete sich auf.

Er drehte sich um. Auf dem von Rissen durchfurchten Steilufer war niemand zu erkennen, aber der Unbekannte rief Penkal an und trat aus dem Schatten der Bäume. Fünf Schritte vor Penkal blieb er stehen, legte die Hände auf den Rücken und neigte den Kopf. Es war Reetl, der Händler; im Mondlicht zeichnete sich sein langer Rumpf mit dem vorstehenden Bauch deutlich ab. Sein lauernder Blick fixierte den Schmied, flackerte und glitt zur Erde.

»Sie wollen wohl gerade losfahren?« fragte er devot und zugleich zudringlich. »Ich hab gedacht, Sie schlafen. Wissen Sie, ich wollte ein bißchen spazierengehen, heute morgen war dieser Spitzbube Krokis bei mir, er hat mir zugesetzt, ihm Rabatt zu geben, und mir gründlich die Laune verdorben. Zu den andern hat er gesagt: ›Der Reetl ist stur, aber ich werd mir die Planen von ihm zurückholen.‹ Wie finden Sie das? Die Planen gehören ihm tatsächlich. Wenn es regnet, wird die Ware naß. Der Teufel hat mich geritten, mich auf sein Gewissen zu verlassen! Aber ich sehe, Sie haben zu tun, sonst hätte ich Sie um einen Rat gebeten, Penkal. Wollen Sie ein neues Gewehr ausprobieren? Am Meer sollen Elche aufgetaucht sein. Ach ja, in jungen Jahren hab ich auch gejagt!«

Penkal warf die Kette ins Boot und wollte, ohne zu antworten, einsteigen. Da trat Reetl näher.

»Was sind Sie doch für ein verschlossener Mensch«, sagte er, »na ja, wie Sie wollen. Penkal, wenn Sie wüßten, wie sehr sich alle über Ihr Benehmen wundern, Ehrenwort!«

Penkal lachte auf. Im ersten Impuls wollte er Reetl beschimpfen, aber er hielt die scharfen Worte zurück und erkannte den Vorteil seiner Situation; er konnte die Wahrheit nach außen hin auf eine Weise entstellen, die die andern erschrecken und erstaunen würde. Dann würden sie zwar auch über seine geheimnisvollen Ausflüge reden, aber nur in einem Sinne.

»Reetl«, sagte Penkal trocken, »ich hab immer gedacht, Sie wären ein anständiger Mensch.«

»Ich?« rief Reetl. »Wie soll ich das verstehen? Aber wenn...«

»Also, hören Sie zu. Ich könnte Ihnen ganz einfach sagen: Reetl, Sie spionieren mir nach. Angestachelt von Weiberklatsch und dem Gewäsch der Tagediebe, die ihre Nase in fremde Angelegenheiten stecken, sind Sie mir heute gefolgt und haben gesehen, wie ich zum Boot gegangen bin.«

»Nie im Leben!«

»Sie Spaßvogel! Wozu erzählen Sie mir von den Planen? Hätten Sie doch einfach gesagt: ›Penkal! Ich bin verdammt neugierig, das ist eine große Untugend, aber was soll ich machen? Wohin fahren Sie nachts und wozu? Ich werd richtig krank bei dem Gedanken, daß Sie etwas verheimlichen und es keinem anvertrauen.‹ «

Reetl öffnete unschlüssig den Mund.

»Na ja, also...«, stammelte er. »Eigentlich... Aber nicht bloß ich... Wie Sie meinen...«

»Ja?« sagte Penkal. »Wenn Sie schwören, es keiner lebendigen Seele... Sie verstehen? Dann erzähle ich Ihnen alles, ohne etwas zu verschweigen. Wollen Sie?«

Die Augen des Händlers glühten auf und näherten sich dem Schmied.

»Oh! Penkal!« brüllte er begeistert. »Ich habe immer große Stücke auf Sie gehalten! Verdammt will ich sein, wenn Sie nicht der beste Mensch auf der Welt sind! Hab ich denn je an Ihnen gezweifelt, auch nur eine Sekunde? Nein, wirklich, ich bewundere Sie!«

»Schwören Sie«, sagte Penkal ernst, war jedoch fest davon überzeugt, daß der Schwur binnen einer halben Stunde gebrochen würde.

»Ich schwöre beim Donner und bei meinen Einnahmen!« rief Reetl. »Sie können ganz beruhigt sein. Ich habe Sie immer für einen besonderen Menschen gehalten, Penkal, und Ihr Vertrauen... aber ja!«

»Gut«, sagte Penkal. »Setzen wir uns.«

Er setzte sich, und Reetl nahm neben ihm auf einem großen Stein Platz. Ihre schwarzen Schatten zeichneten sich deutlich auf dem Wasser ab. Penkal strich sich mit der rechten Hand übers Knie, als wolle er es liebkosen; diese Bewegung war ein Zeichen innerer Konzentration.

»Aus Dummheit«, begann Penkal, »aus einer Lappalie, aus Mäusedreck werden alle möglichen Geschichten erfunden. So ist das auch bei mir. Also hören Sie mir zu und gehen Sie in der Gewißheit nach Hause, daß es nicht lohnt, sich über Penkal Legenden auszudenken und seiner einfältigen und obendrein vertrauensseligen Frau einzureden, ihr Mann drucke im Wald Falschgeld oder halte sich in der Stadt drei Geliebte ... Wenn nicht Sie, dann Ihre Frau. Nein? Um so besser, also kommen wir zur Sache.«

Hier hielt es Penkal für angebracht, ein rätselhaftes Lächeln aufzusetzen, während er Reetl in die Augen sah – mit dem zerstreuten Blick einer Katze, die von der unerreichbaren Höhe eines Zauns auf einen Hund herabsieht. Der Händler kicherte erwartungsvoll; das blasse Gesicht des Schmieds und die Stille des mondbeschienenen Flusses machten auf ihn einen unerklärlich grusligen Eindruck.

»Vor zwei Wochen«, fuhr Penkal, sorgsam sein Knie streichelnd, fort, »bin ich mit diesem Boot aus der Stadt zurückgefahren, aber ich habe nicht auf die Zeit geachtet und mich auf den Weg gemacht, als es schon dunkelte. Ein heftiger Gegenwind wehte, und ich geriet in eine starke Strömung. Wissen Sie, ich verausgabe nicht gern meine Kräfte, wenn dazu keine Notwendigkeit besteht, darum legte ich an der Froschzunge an, zog das Boot an Land, machte ein Feuer und bereitete mir aus frischen Kiefernzweigen ein Nachtlager. Inzwischen war es ganz dunkel geworden. Sie wissen ja, Reetl, wenn man lange ins Feuer blickt und dann plötzlich die Augen abwendet, erscheint einem die Finsternis noch undurchdringlicher. Stellen Sie sich mein Erstaunen vor, als ich, vom Anblick der glühenden Holzkohle gesättigt, zur Seite blickte und merkte, daß es hell wurde. Es kann doch unmöglich schon tagen, sagte ich mir und sprang auf. Aber es war tatsächlich ganz hell. Ich finde keine Bezeichnung für dieses Licht, Reetl, es war wie Tages- oder klares Mondlicht, aber ohne Schatten. Alles war von ihm erhellt: die schlafende, schweigsame Erde, der Wald, der Fluß, die stillen Wolken in der Ferne; das war so ungewöhnlich und sonderbar. Ich ging ans Wasser. Ich will nicht beschreiben, was ich damals fühlte, drei Worte mögen genügen: Angst, Freude und Staunen. Das Wasser war durchsichtig wie die Luft über einem Dorfzaun, ich sah den Grund, die hellen Sandschichten, Baumstämme, zur Hälfte mit schwärzlichem Schlamm bedeckt, Holzstücke; darüber standen, sacht mit den Flossen wedelnd, Fische, große und kleine, ein Netz von Wasserpflanzen grünte unter ihnen, wie Wiesengebüsch unter einem Vogelschwarm.

Ich wandte mich ab, denn ich dachte, ich müsse sterben und dies sei ein letztes Aufzucken meiner Phantasie, aber da sah ich den Wald und seufzte, nein, stöhnte auf. Noch nie hatte ich den Wald so schön gesehen wie in dieser Nacht. Von diffusem goldflimmerndem Licht durchdrungen, war er über Meilen bis ins kleinste zu erkennen, und das im Frühling, in der Zeit üppigster Blüte; Baumstämme, feine Schuppen der Rinde, Nadeln, Blätter, Blüten, auch wenn sie nicht größer waren als eine Stecknadel, zarte Triebe – all das schien miteinander um ungewöhnliche Deutlichkeit zu wetteifern.«

Penkal warf Reetl einen Blick zu. Der Händler war etwas abgerückt und saß nun etwa vier Schritte von ihm entfernt.

»Verblüffend«, murmelte er.

»Ich legte mich auf den Rücken«, fuhr Penkal fort, »denn ich war bestürzt und erschrocken. Das Feuer knisterte schwach in meiner Nähe. Ich sann darüber nach, wer diese gigantische Lampe angezündet haben mochte, die die schlafende Erde so beleuchtete, wie wir ein Zimmer in der Nacht beleuchten. Meine Vorstellungskraft war zu schwach. Da trat er zu mir.«

»*Er?*« fragte Reetl dumpf und zwinkerte mit geweiteten Augen.

»Ja, er und eine kleine, halbnackte Frau, die sich eng an ihn schmiegte. Sie sah etwas befremdlich aus in ihrem seltsamen Gewand aus Ahornblättern, entbehrte aber nicht einer gewissen Koketterie, im übrigen war sie sich wohl kaum ihrer unzureichenden Bekleidung bewußt. Ich habe Gründe für diese Annahme. Auch er war recht kurios gekleidet: Stellen Sie sich einen Menschen vor, der zum erstenmal einen städtischen Anzug trägt und natürlich nicht weiß, wie er sich geben soll. So ging es ihm; der enge Hemdkragen muß ihn schrecklich gepeinigt haben, denn er drehte unaufhörlich den Knopf, außerdem zupfte er ständig die Manschetten aus den Jackenärmeln und betrachtete während des Gesprächs immer wieder die Manschettenknöpfe. Er war sehr klein und wirkte schüchtern und gutherzig. Die Frau hielt seine Hand und lehnte sich an seine Schulter; hin und wieder, wenn er etwas sagte, was sie für unangebracht oder überflüssig hielt, zwickte sie ihn leicht, worauf er verlegen verstummte und sich traurig seinen Manschettenknöpfen zuwandte.

Als ich mich also aufsetzte, kamen sie näher und blieben stehen.«

»O Gott!« sagte Reetl, blaß geworden, und rutschte hin und her. »Wie haben Sie das ausgehalten?«

»Hören Sie weiter«, entgegnete Penkal ruhig. »›Sie haben geschlafen‹, sagte er und hockte sich hin, in einer seltsamen Haltung, als wäre er unter eine hydraulische Presse geraten, ›das wußte ich nicht. Wir haben auch geschlafen, aber wir wurden geweckt, und sie hat so einen Schreck bekommen.‹ Er sah auf die Frau. ›Wissen Sie, heute morgen kam dieser... Nun, also, eine Art Nußschale, die übers Wasser stampft und immerzu brennt. Na ja, sie erträgt das Eisengeschrei nicht, obwohl viele behaupten, daß er gar nicht übel singt, bloß der Rauch...‹

›Ein Dampfer‹, sagte ich.

Er betrachtete mich aufmerksam.

›Ja, so sagen Sie dazu‹, antwortete er, ›ist ja auch egal. Sie hat den ganzen Tag gezittert. Ich habe ihr zu essen gegeben, mein Herr, das versichere ich Ihnen, sie hat heute gegessen und ist nicht deshalb durcheinander, weil sie hungrig wäre ... aber sie kann nicht... Sowie dieser Da ... oder so ... gleich geht's wieder los.‹

Die Frau hatte ihn sacht ins Ohr gezwickt, und er verstummte betreten.

›Wissen Sie!‹ rief er hitzig, nachdem er eine Weile seine Manschettenknöpfe hin und her gedreht hatte. ›Wir würden ja von hier weggehen, aber wir können uns mit niemandem beraten. Die andern wissen genausowenig wie wir. Freilich soll es flußauf stille Gegenden geben, wo nicht solche... wo keine Unruhe ist, aber ich weiß es nicht genau.‹

Ich betrachtete ihn aufmerksam. Seine irisierenden Augen erinnerten an kleine Waldseen zu verschiedenen

Tageszeiten; mal trübten sie sich, mal leuchteten sie auf und schillerten in allen Farben des Regenbogens.

›Dort sind Städte‹, fuhr er fort und wies mit der Hand in Richtung Meer, wobei er wie vor starker Kälte fröstelte. ›Sie werden aus Eisen und Stein gebaut. Ich mag nicht diese ... na, wie heißen sie? Ha ... Häu ...‹

›Häuser‹, soufflierte ich.

›Ja, richtig.‹ Er schien sich außerordentlich zu freuen, daß ich ihm so schnell zu Hilfe kam. ›Ja, Häuser ... Aber wie ist es flußaufwärts, gibt's da auch diese Dinger?‹

›Sieben Städte‹, sagte ich. ›Und es werden noch viele neue gebaut.‹

Er war sehr betroffen und schwieg lange nachdenklich. Dann lachte er und tippte mir auf die Schulter, mit dem zufriedenen Lächeln eines Lausbuben, der einen Spatzen gefangen hat.

›Also‹, sagte er, ›aus Stein und Eisen, nicht wahr?‹

›Ja.‹

›Na, dann wird nichts draus. Hier gibt es bis zu den Bergen weder Stein noch Eisen. Da werden *sie* die Dummen sein.‹

Ich lächelte.

›Und die Dinger‹, wandte ich ein, ›die wie Nußschalen aussehen?‹

›Die Dampf-fer?‹ brachte er mühsam hervor und betrübte sich. ›Denken Sie?‹

›Ohne Zweifel.‹

Während er den neuen Schlag verdaute, strich die Frau behutsam mit dem Finger über das Leder meines Stiefels und zog jedesmal, wenn ich den Fuß bewegte, die zarte Hand zurück.

›Dann gehen wir weg‹, sagte er halb fragend. ›Es ist sinnlos, hierzubleiben. Alle werden weggehen. Die Wälder werden veröden. Ich habe gehört, es wird keine Wälder mehr geben, nicht mal Gras, stimmt das? Wir gehen irgendwohin.‹

Mich dauerten diese kleinen Waldseelen, Reetl, aber wie konnte ich ihnen helfen? Ich konnte nur ihren Kummer teilen. So saßen wir zu dritt und überließen uns inmitten der lebendigen Stille schweigend unserer sanften Wehmut.

›Ich habe noch gehört‹, sagte er schuldbewußt, ›es soll so kommen, daß überall Eisen und Stein sind und Dampf-fer, weiter nichts. Aber dann kriegen *sie* wieder Lust, in unserer Nähe zu leben; sie werden genug haben von dieser... Elek...‹

›Elektrizität.‹

›Ja, ja. Nun, dann können wir inzwischen in der Verbannung leben, was meinen Sie dazu?‹

In diesem Moment vernahm ich leises, gleichmäßiges Weinen; es klang wie das Rascheln herabfallender Kiefernzapfen.

›Na aber‹, sagte er, ›schlaf ein. Wozu denn weinen?‹

Die Frau schluchzte an seiner Schulter. Aus ihren kleinen hellen Augen rannen rasche Tränen.

›Ich bin müde‹, sagte sie, ›aber wir müssen wieder gehen, immerzu gehen...‹

Er drehte sich zu ihr um, und beide lösten sich auf, verschwammen zu durchsichtigen Silhouetten auf dem hellen Sand und verschwanden. Ich stand auf, Reetl; es war dunkel, im Feuer zischten taunasse Zweige.

Seitdem bin ich ihnen jede Nacht begegnet. Sie kamen

und verschwanden wieder, ich hörte mir ihre Klagen an und erfuhr auch viel von ihrem Leben. Darum bin ich nachts mit dem Boot unterwegs. Gestern haben wir uns zum Beispiel über den scheußlichen Charakter des Wolfs unterhalten. Sehen Sie ...«

Penkal drehte sich um. Der Stein war leer; in der Ferne verhallten Reetls rasche Schritte.

»Ich habe ihn erschreckt«, sagte der junge Mann vor sich hin, »jetzt hält er mich für besessen oder – was das gleiche ist – für einen Spießgesellen des Teufels. Aber ich hatte wohl selbst seine Anwesenheit vergessen. Das macht das Mondlicht ...«

Er sprach nicht zu Ende und schaute nach oben, wo der reine Mond ihm ein Märchen über seine eigene verschlossene und unermeßliche Seele dichtete. Penkal umging eine Pfütze, setzte sich ins Boot, stieß das Ruder in den knirschenden Sand und löste sich im durchsichtigen Nebel auf.

3

»Wo sollen wir ihn denn suchen?«

»In der Hölle.«

»Nein, im Ernst, sag, wo geht's lang?«

»Erst mal geradeaus. Und dann auf das Licht zu.«

Nach der kurzen Verzögerung, die der knappe Dialog mit sich brachte, fuhren die Riemen so schnell durchs Wasser, daß der Mann am Ruder sich kaum halten konnte. Ein paar Minuten vergingen in völligem Schweigen, dann sagte der, der die Hölle als Ziel angegeben hatte, mit dumpfer Stimme:

»Es ist dunkel. Gieß Öl nach, Sin; die Laterne geht gleich aus.«

»Ich bin dafür, umzukehren«, erklärte Pask.

»Kehr um«, antwortete mit giftigem Unterton ein finsterer Mann. »Bis zum Ufer gehst du übers Wasser, und dort setzt du dich in ein Boot.«

Die andern lachten. Ihr Gelächter zeigte dem Spaßvogel, daß seine Worte ein bißchen witzig waren, da lachte er selber, aber im unpassenden Moment, denn gerade hatte sich Endi das Ruder gegen das Bein geschlagen und ächzte mit der sanftmütigen Wut eines Engels, der ein paar anständige Seelen hat fallenlassen.

»Nun ist der Mond ganz weg«, sagte Pask, »gerade jetzt. Da irren wir bis zum Morgen herum, Louis.«

»Nein«, antwortete der finstere Mann, der Louis hieß, »der Sache wird auf den Grund gegangen. Ich will Penkals Teufelsspielzeug sehen ... oder ich sing ein Liedchen mit dem Titel: Reetl, hüte deine Rippen!«

Er verstummte und drohte mit der Faust nach Südwesten. Die Silhouetten der vier Männer, vom Bootsrand umgrenzt, glitten im trüben Licht der blakenden Laterne übers Wasser, die Riemen wurden kräftig durchgezogen.

»Gibt's denn so was überhaupt?« fragte Pask.

»Dann sind wir also Trottel«, präzisierte Louis grämlich. »Machen wir lieber kehrt und halten uns an Reetl, wie?« Er riß das Ruder herum. »Ich könnte euch erzählen«, sagte er, »wie ein Mensch ... egal, wer, in ein Maisfeld geraten ist.«

Es dauerte etwa fünf Minuten, bis Sin sich erkundigte, wieso dieser Unglückliche ein so seltsames Schicksal erlitten hatte.

»Er ist ertrunken«, erklärte Louis versonnen, »und zwar deshalb, weil es kein Maisfeld war, sondern ein See. Verstanden?«

Jemand stieß einen Seufzer aus. Endi wandte den Kopf.

»Da links ist ein Feuer«, sagte er und hörte auf zu rudern.

Die ungeduldige, etwas grausliche Erwartung erreichte ihre höchste Spannung. Louis steuerte das Boot. Links, vor dem Wald, auf einer großen sandigen Landzunge, flackerte der rote Schein eines Lagerfeuers. Klein und einsam, lockte es die Männer an; vielleicht saß dort Penkal.

Ohne Kommando, wie auf stumme Verabredung, führten Sin, Endi und Pask die Ruder ganz behutsam, schienen sie gar nicht aus dem Wasser zu heben, so daß das Boot lautlos, wie auf Flügeln, zum Ufer glitt und erst zum Stehen kam, als es auf Grund stieß.

»Na, dann los«, sagte Louis matt.

Sie hielten sich eng beieinander und schwiegen, niedergedrückt von der Stille und dem Vorgefühl einer Enttäuschung. Penkal hockte am Feuer; über den Holzkohlen war ein kleiner Kessel aufgehängt, in dem es brodelte und blubberte; lachende Augen waren fragend auf Louis gerichtet.

»Wärmen wir uns ein bißchen auf«, sagte Sin gekünstelt und vermied es, den Schmied anzublicken.

Louis lächelte finster und hockte sich seitlich ans Feuer; Pask blieb in einiger Entfernung stehen; Endi nahm aus unbegreiflichem Grund die Mütze ab und warf sie in die Luft.

»Sie machen wohl eine Spazierfahrt«, sagte Penkal trocken.

»Wir?« fragte Endi. »Ja ... wir ... waren unterwegs ... und da haben wir das Feuer gesehen ... Louis hat nämlich die Streichhölzer verloren ... und wir ... verstehen Sie, wir wollten rauchen ... Hab ich recht, Louis? Na ja ... und deshalb ... Guten Tag!«

Der Kessel kippte. Grauer Schaum tropfte ins Feuer, qualmte und zischte auf dem glühenden Holz. Rasch nahm Penkal den Kessel mit einer Astgabel herunter und stellte ihn behutsam auf die Erde.

»Hier ist Suppe«, sagte er. »Möchten Sie?«

Die vier Männer wechselten ungläubige Blicke und streckten Penkal die Hand hin.

»Leben Sie wohl!« sagte Endi. »Wir müssen weiter, höchste Zeit ... Louis, rauch deine Pfeife an.«

Louis tat, wie ihm geheißen, und versengte sich den Schnurrbart, denn seine Hände zitterten; dann gingen sie und unterhielten sich gedämpft über die geheimnisvollen, sich ihren Augen entziehenden Waldbewohner.

Als ihre schwankenden Gestalten in die Dunkelheit getaucht waren, sah der Mond hinter den Wolken hervor und ließ die ferne Linie des anderen Ufers in flirrendem Glanz erstrahlen.

1911

DIE PFÜTZE DES BÄRTIGEN SCHWEINS

1

Die Gestalt des Schweins ist nicht auszurotten im Herzen des Menschen; von Zeit zu Zeit bringt die Natur, den unbarmherzigen Bedürfnissen der Völker, Nationen und Rassen nachgebend, merkwürdige Arten hervor, macht mit einer einzigen kleinen Anstrengung alle unsere freudigen Vorstellungen von Seife, Zahnbürsten und Handtüchern zunichte.

Im Mai des Jahres 1912 standen zwei neugierige junge Männer vor einem hohen Holzzaun; der eine trug, den Kopf gebeugt und die Hände in die Hüften gestemmt, auf seinen Schultern den Kameraden, der sich an der nägelgespickten Zaunkante festhielt und ins Innere des Hofes spähte.

Dem Gesicht des unten Stehenden waren die körperliche Anstrengung und unverhohlener Neid auf den oben Stehenden abzulesen; unter der Last schwankend, fragte er alle Augenblicke:

»Nun? Was ist? Siehst du was?«

Der Untere hieß Bruce, der Obere Tilli.

»Warte«, flüsterte Tilli, »und sei still, gleich gehen wir.«

»Du wiegst bestimmt achtzig Kilo, wenn nicht mehr«, antwortete Bruce.

»Schlappschwanz«, gab Tilli zurück, »halt noch zwei Minuten aus.«

Plötzlich zog Tilli den Kopf ein und sprang herunter; gleichzeitig hörte Bruce hinter dem Zaun einen Schuß und eine heisere Drohstimme.

»Er hat mich gesehen«, rief Tilli, »schnell weg, sonst macht er den Hund los.«

Beide stürzten in eine Nebengasse, sprangen über von Brennesseln zugewucherte Gräben und blieben schließlich auf dem Dorfplatz stehen. Tilli sagte:

»Nichts Besonderes. Ich hab über ihn so verrückte Geschichten gehört, daß ich direkt enttäuscht bin. Aber was ist das? Hat er etwa mein Ohr getroffen?«

Er griff sich ans Ohrläppchen, und seine Finger färbten sich rot.

»Halb so schlimm«, sagte Bruce, »bloß ein Kratzer; nimm an, es war eine Katze.«

»Aber der Sprung dieser Katze hätte beinah eine tote Maus aus mir gemacht ... ein bißchen weiter links, und es wär ausgewesen. Setzen wir uns hier am Tor in die Steinnische, das Überbleibsel feudaler Zeiten.«

»Wenn du Demokrat bist, geb ich bei den nächsten Wahlen meine Stimme dem Bärtigen Schwein.«

»Ein rüder Scherz«, sagte Tilli, »nein, rück ein Stückchen, dann erzähl ich dir, was ich von deinen Schultern in der Pfütze des Bärtigen Schweins gesehen habe.

2

Du finsterer Mann mit den fröhlichen Augen bist hier nur zu Besuch und kennst nicht den ganzen Dorfklatsch. Das Bärtige Schwein, wie sein Spitzname ist, mit richtigem Namen Sitor Kassan, hat sich's hier zehn Jahre lang wohl sein lassen und wie ein Geistesgestörter Fett angesetzt, nicht in Tagen, sondern in Stunden. Er ist schwerreich geworden durch den Handel mit Menschenfleisch. Mach nicht so große Augen, damit ist ein Vermittlungsbüro für Dienstboten gemeint. Um den Preis unermüdlicher Wachsamkeit und echter kommerzieller Anstrengungen hat Sitor Kassan sein Lebensideal erreicht. Seine Existenz ist ein sinnloser Tanz des Bauches und ... etwas Geheimnisvolles, Rätselhaftes, verborgen hinter dem Zaun, wo mich die Katze gekratzt hat.

Sein Haus wurde ›Pfütze‹ getauft und er selber ›Schwein‹, noch dazu ›Bärtiges‹; eine schlimme Beleidigung für den Mann. Aber er ist selber schuld daran. Wenn er sich auf der Straße zeigt, was freilich selten geschieht, hat er schmutzstarrende Lumpen an, Bart und Haare sind völlig verwildert. Um etwas über seine Seele zu erfahren, habe ich heute einen Blick in seinen Hof geworfen, aber ich sehe, daß man mir viel vorgeflunkert hat.

Nach den Beteuerungen der Frauen war ich darauf gefaßt, einen großen, wunderschönen Blumengarten zu sehen, mitten darin eine grünschwarze Pfütze, voll von stinkendem Unrat, darüber Schwärme von Fliegen, die einen undurchschaubaren Tanz vollführen, und in der Flüssigkeit badend das Bärtige Schwein. Doch die

Frauen – eigentlich bezaubernde Geschöpfe – kennen das Leben nicht; solch eine Pfütze setzt Phantasie und den leichten Rost von Anarchie voraus, wo aber soll das arme Schwein das hernehmen?

Nein, ich habe kein Gemälde gesehen, sondern eine Photographie. Sitor Kassan lag bis zum Gürtel nackt im Zentrum eines riesigen Sonnenflecks, zwischen der Hundehütte und der Tür seiner Höhle. Bei drei dürren Bäumen stand ein Tisch. Eine hochgewachsene gebeugte alte Dienerin mit hängender Unterlippe und einem Messingring im Ohr brachte dampfende Speisen heraus. Da gab es Kalbfleisch, Geflügelbeine spießten nach allen Seiten, und das Bärtige Schwein fraß alles in sich hinein, das Weiß der Zähne und Augäpfel blitzte in seiner ungeschlachten Visage. Nach jedem Gang legte er sich zu einem Sonnenbad nieder und streichelte zärtlich seinen Bauch; die ganze Zeit aß und trank er und hat, muß ich dir sagen, für sechs gefuttert.

Der Hof stellte nichts Besonderes dar; er war leer, das ist alles, was man über ihn sagen kann, trostlos und leer, wie eine verfaulte Eierschale; in der Hütte lag mit heraushängender Zunge ein Kettenhund, und am Zaun hüpften Krähen um alte Knochen herum. Als Sitor Kassan aufgehört hatte zu schmatzen, erschien in der Tür eine Frau. Eine kleine, aber wohlgenährte Person von dreißig Jahren, mit Ponyfrisur und vorstehendem Unterkiefer. Sie kam heraus und blieb vor Sitor stehen, er blickte sie an, sie ihn, und so starrten sie, den Kopf vorgereckt wie Stiere, einander eine ganze Weile an, ohne ein Lächeln, kratzten sich dann den Hals und gingen auseinander.«

»Eine simple Geschichte«, sagte Bruce, »und danach hat er mit dem Revolver auf dich geschossen.«

»So ist es. Er hat mich bemerkt und laut gesagt: ›He, he, Diebe, Einbrecher! Verschwinde, sonst geht's dir schlecht!‹ Und dann hat er gleich geschossen. Wir werden uns an Sitor rächen, Bruce.«

»Jawohl. Gib Papier und Bleistift.«

»Was hast du dir ausgedacht?«

»Allerhand.«

»Dann mal los.«

Bruce legte ein Blatt Papier auf die Bank und schrieb lachend, während Tilli dem Freund über die Schulter sah und las, und am Ende des Briefes brachen beide in schallendes Gelächter aus.

Da stand geschrieben:

»Vielzählige geheime Kräfte lenken das Leben der Tiere und Menschen. Vor mir, der ich im Städtchen Surbagan lebe und über die inneren Augen der Welt und das Dreieck von Rhodos verfüge, liegt dein Schicksal offen zutage. Verflucht bist du bis ans Ende der Welt, von der Sonne und der Einsicht des Großen Fuchses, der unterm Baum der Weisheit haust. Dein unausweichlicher Untergang erfüllt mich mit Grauen. Von Stund an, um Appetit, Schlaf und Ruhe gebracht, wirst du dahinwelken wie eine Erbsenschote, wirst vertrocknen und nach zwei Monden dein Leben aushauchen, zwischen dem Morgen- und Abendrot, zur Stunde des Zweiten Roten Hahns.

Ben-Haaver-Sür, genannt der ›Gigant und Ewigliche‹.«

»Ha!« sagte Bruce, als er das Geschriebene noch einmal überlas.

Tilli bog sich vor Lachen. Die beiden Luftikusse klopften einander auf die Knie, versiegelten das absonderliche Schreiben und warfen es in den Briefkasten.

3

Der Sommer ging zur Neige. Als eines Abends der Hirt die Kühe heimtrieb und das Horn blies, lauschte Tilli dem schlichten Klang des Messings und verspürte Lust zu einem Spaziergang. Er nahm Hut und Stock und ging in das nahe Wäldchen. Dabei dachte er über Gott und die Welt nach.

»Sieh an«, sagte er plötzlich, »da ist noch ein Melancholiker, der wie ich umherstreift und über Wurzeln stolpert.«

Der Unbekannte kam näher; Tilli betrachtete ihn und fuhr zusammen. Grauenhaft sah der Mann aus: ein verfitzter Bart bis auf die Brust, blaue, eingefallene Wangen, zur Grimasse verzerrt, in den Augen ein irres und klägliches Funkeln, und Hände wie Tierkrallen ragten aus zerlumpten Ärmeln. Um den dürren Hals baumelte ein zerfetzter Schal, das unbedeckte Haar zitterte bei jedem Schritt, der Kopf zitterte, der ganze Mann zitterte.

»Herr Sitor Kassan«, sagte Tilli und traute seinen Augen nicht, »was ist mit Ihnen?«

»Ah, der Sproß des Gutsherrn«, krächzte Sitor, fuhr sich mit der Zunge über die trockenen Lippen und lachte traurig auf. »Was mit mir ist? Was ist denn an mir verwunderlich?«

»Nichts«, sagte Tilli, dachte aber: Er hat achtzig Kilo

abgenommen, das steht fest. Laut fügte er hinzu: »Was machen Sie hier? Suchen Sie vielleicht den Fuchs unter dem Baum der Weisheit?«

Noch ehe er lachen und beiseite gehen konnte, hatte ihm Sitor beide Hände auf die Schultern gelegt und fixierte ihn mit argwöhnischem Blick. Seine Aufmerksamkeit war so stark, daß Tilli sich nicht vom Fleck rühren konnte.

»Sie *wissen* es«, sagte Sitor, »was wissen Sie? Das kostet mich das Leben.«

»Beruhigen Sie sich.« Tilli erbleichte und gab sich unbedacht preis. »Es war ein Scherz«, sagte er, »Bruce und ich haben es aus Spaß geschrieben. Lassen Sie mich los.«

Sitor hielt ihn mit der stählernen Kraft des Hasses fest und dachte nicht daran, loszulassen. Solange er schwieg, wußte Tilli nicht, was weiter geschehen würde.

»Ich habe über diesen Brief nachgedacht«, sagte Sitor endlich. »Darum sterbe ich heute, zur Stunde des Roten Hahns. Das haben Sie mir also eingebrockt, Sie Grünschnabel? Ihr Brief hat mir das Leben genommen. Ich bin um Appetit, Schlaf und Ruhe gebracht. Bis dahin habe ich gut gegessen und geschlafen. Ich hab zu wenig gehabt vom Leben. Wie hab ich das Essen, das Schlafen und die Frauen genossen, aber es war zu wenig. Ich hätte gern noch viel viel mehr gegessen, geschlafen und die Frauen genossen.«

»Wo liegt das Problem?« sagte Tilli. »Niemand hindert Sie.«

»Nein«, entgegnete Sitor, »ich könnte genießen, aber ich werde ja sterben. Ich habe darüber nachgedacht. Wenn ich sterbe, kann ich nie mehr genießen. Ich sterbe heute, sterbe hungrig, ungesättigt, denn ich habe nicht ein Viertel dessen gegessen, was ich hätte essen können. Jetzt ist mir alles gleich. Es ist vorbei.«

»Ich will mich gern entschuldigen«, sagte Tilli feige.

»Die Leute nennen mich Bärtiges Schwein«, fuhr Sitor fort. »Das Schwein wird den Menschen richten.«

Noch ehe Tilli begriff, wie ihm geschah, schlug ihm Sitor Kassan seinen dicken Eichenknüppel über den Kopf, der junge Mann taumelte und stürzte zu Boden. Er war bewußtlos. Sitor beugte sich über ihn und tat etwas, und als er sich wieder aufrichtete, hatte Tilli den Brief an ihn für immer vergessen.

»Zwei Monate Abmagern und Grübeln, Grübeln und Abmagern«, murmelte Sitor. »Ich hab genug von der Qual. Es ist zu Ende! Aber wie gern würde ich jetzt ein paar gebratene Hühner und eine Wurst essen. Wie auch immer, das Leben ist verpfuscht.«

Er ging ins Dickicht, und bald knarrte unter seinem Gewicht ein Ast, im Dorf aber sang der unschuldige und teilnahmslose Rote Hahn dem Bärtigen Schwein die Grabrede:

»Kikeriki!«

1912

Das Rätsel des vorausgesehenen Todes

1

Ebergeils ungeheuerliche Sensibilität erreichte am letzten Tag seines Lebens eine Höhe, von der nur ein Verstand blickt, der dem Wahnsinn nahe ist. Am Morgen war er mit dem deutlichen Gefühl erwacht, das Richtbeil berühre seinen Hals. Der Gedanke an das Beil und die mit seiner Hilfe erfolgende Trennung des Kopfes vom Rumpf hatte Ebergeil in letzter Zeit ständig begleitet, er erforschte sorgfältig den verhängnisvollen Moment, bemüht, sich an ihn zu gewöhnen und das zu begreifen, was im allerletzten Moment zusammen mit ihm als Empfindung und Gedanke davongehen würde – ins Dunkel. Er hatte eine klare, fast fühlbare Vorstellung von der Wirkung des Beils, obwohl der Prozeß des Kopfabschlagens nur die geringfügige Zeitmenge umfaßte, in der das fünf Pfund schwere Beil, von starken Händen mit einer Geschwindigkeit von über vier Metern in der Sekunde geschwungen, eine vertikale Entfernung von dreizehn Zentimetern durchmaß – die Dicke des Halses.

Solch ein exaktes Vorstellungsvermögen, das die Kälte in den Füßen, den qualvollen Herzstillstand, den Krampf der Atemwege, die momentane Stille, das krampfhafte, panische Schlucken im Moment des Schlages, das Gefühl der Hirnexplosion, die Lähmung der vom Kopf getrennten, aber noch für einige Zeit spürbaren Gliedmaßen und das Vergessen einschloß, solch ein durch die Kraft der Einbildung erlangtes exaktes Wissen um die Hinrichtung hatte Ebergeil nicht sofort gewonnen. Allmählich, sich vortastend wie ein Mensch, der im dunklen Zimmer einen benötigten Gegenstand sucht, befühlte und befragte er in Gedanken seinen ganzen Körper, alle Teile und Organe und die in den Organen vorgehenden Prozesse, er näherte sich ihnen mit der Geduld eines Taubstummenlehrers, unterwarf sie dem Wirken des inneren Lichts, das seit der Urteilsverkündung in ihm brannte. Zuerst bekam er zusammenhanglose, widersprüchliche Antworten, weil seine Einbildungskraft nicht sofort jene Spannung erreichte, die es möglich machte, zu einem beliebigen Teil des eigenen Organismus zu werden, aber bei weiterer Übung konnte er sich in seinen Körper hineinversetzen, was immer es war: Halswirbel, Kehlkopf, Arterie, Schilddrüse, Haut und Muskeln. Dann lernte er, sich – in jedem dieser imaginären Zustände – dem gedachten Schlag des Beils auszusetzen, und tat das so lange, bis von den Tausenden Imaginationen, gleichsam als Echo physischer Einwirkung, eine einzige sein Bewußtsein beherrschte und zur Gewißheit wurde, eine Imagination, deren Wahrhaftigkeit er in der Angst erspürte, die ihn nach jeder stummen Stimme des zum Tode verurteilten Körpers packte.

Am Tag vor der Hinrichtung stand Ebergeil früh auf und hatte, wie schon gesagt, das deutliche Gefühl, das Beil dringe langsam in seinen Hals ein. Er zog es mit den Händen heraus, hinten, aus dem Nacken, und indem er sich das mit allem Schmerz vorstellte, bezwang er die physische Halluzination, blieb ein paar Minuten geschwächt liegen und dachte dennoch an das Beil und den Hals. Wenn er daran dachte, war er gefaßter und ruhiger als in den Minuten, da er nicht Herr über seine Vorstellungskraft war. An das gut verstandene, durchdachte und nahe Entsetzen geschmiedet und dank der genauen Kenntnis, was es mit dem Stäubchen Zeit einer Hundertstel Sekunde im Moment des Schlages auf sich hatte, beherrschte Ebergeil zweifellos das Entsetzen, weil er wußte, worin es bestand. Das Entsetzen konnte nicht mehr sein, als es war. Aber wenn, vergleichbar dem Tikken einer Taschenuhr, das zeitweilig dem ermüdeten Ohr entgleitet, das klar umrisssene Detail des Entsetzens entglitt, verlor Ebergeil die Fassung. Angst, gewaltig wie ein Blitzschlag, machte ihn zum Tier. Dann glaubte er an das Unbegreifliche und Unerwartete des Entsetzens, und das war für ihn unerträglich; er wollte wissen.

Gegen Abend bekam Ebergeil Besuch von dem Gelehrten Colomb, der wißbegierig war und hartherzig bis zur Gleichgültigkeit gegenüber den furchtbarsten Qualen des Bewußtseins. Die letzten Stunden von Menschen, die ihres baldigen Todes gewiß sind, interessierten ihn besonders. Er erblickte vor dem Hintergrund des vergitterten Fensters einen Mann, der eine Leinenkappe und einen ebensolchen Kittel trug; das unvergeßliche, wenn auch äußerlich gewöhnliche Gesicht des Mannes war konzentriert. Die Sonne ging unter, ihre erkalteten Strahlen warfen den scharf gezogenen Schatten des Häftlings auf den Boden und die Zellenschwelle, einen Schatten, den er nur noch einmal sehen würde, am nächsten Morgen, falls die Sonne schien.

Sein Hirn fiebert, dachte Colomb.

Ebergeil war in sich selbst versunken. Dann richteten sich seine Augen auf Colomb und erglühten: er sah noch einen Hals, in den das Beil mühelos einzudringen vermochte.

»Beantworten Sie mir im Namen der Wissenschaft ein paar Fragen?« sagte Colomb sanft. »Das lenkt Sie vielleicht ab.«

»Ja«, antwortete Ebergeil.

»Wie haben Sie das Verbrechen verübt?«

»Zwei Schüsse.«

»Nicht doch«, erklärte Colomb, »mich interessiert etwas anderes. Hat Ihre Vorstellung von dem Verbrechen mit der Wirklichkeit übereingestimmt?«

»Ja. Ich habe sehr lange darüber nachgedacht. Ich war überzeugt, daß er, wenn er von meiner Frau kommt und mich mit dem Revolver sieht, einen Schritt zurückgeht und den Mund aufsperrt. Dann hebt er schützend die Hand. Im nächsten Moment schieße ich zweimal unterhalb seines Ellbogens, wissend, daß ich ›aha‹ sage, daß er zurückweicht, sich fallen läßt und sich totstellt, um weiteren Schüssen zu entgehen, dennoch stirbt er in den nächsten fünf Sekunden. Alles geschah genau so; ich bemerkte etwas Komödiantisches in seinem Fallen, denn er bedeckte mit der linken Hand die Augen und ließ sich fallen, nachdem er mir den Rücken zugedreht hatte. Ich hatte ihm ins Herz geschossen. Wäre er stehend gestorben und dann gefallen, hätte er nicht so eine unnütze Geste machen können, wie es das Bedecken der Augen war. Also lebte er, während er fiel, und wußte, was er tat.«

»Woran haben Sie in den letzten Tagen gedacht?«

»An den Hals und das Beil.«

»Und heute«, fragte Colomb und machte sich Notizen, »heute, mein Freund, haben Sie natürlich daran gedacht, wieviel Zeit Ihnen noch bleibt, nicht wahr?«

»Nein. An das Beil und den Hals.«

»Und jetzt?«

»An das Beil und den Hals.«

»Können Sie mit mir über den Moment der Urteilsverkündung sprechen?«

»Nein«, sagte Ebergeil schadenfroh, »ich kann zum Glück über nichts anderes nachdenken und sprechen als über den Hals und das Beil.«

2

Im Morgengrauen fuhr Ebergeil mit einem wilden Schrei aus dem Schlaf, flehte um Gnade, drohte und weinte. Anhaltendes Schlüsselklirren hatte ihn geweckt. Sogleich, noch ehe die Tür sich öffnete, vergegenwärtigte sich sein vom Schlaf benommenes Bewußtsein das Wertvollste, was er jetzt besaß: das genaue Durchleben des Schlages gegen den Hals, und er wurde starr wie Stein. Der Gefängnisdirektor trat ein, ohne Soldaten, und schloß hinter sich die Tür.

»Beruhigen Sie sich«, sagte er. »Sie müssen es wissen,

denn es gab auf dem Schafott schon Todesfälle durch Herzschlag. Ich verletze meine Dienstpflicht, aber da Sie mich dauern, bin ich gekommen, um Ihnen unnötige Aufregungen zu ersparen. Sie werden nicht hingerichtet, Ebergeil.«

»Ich oder Ebergeil?« fragte der Häftling und blinzelte schlau.

»Sie, Ebergeil.«

»Ich, Ebergeil. Sehr gut. Ich muß was trinken.«

Er hob den Becher an die Lippen und lachte laut prustend ins Wasser, so daß er alles verschüttete.

»Das Zeremoniell der Exekution«, sagte der Gefängnisdirektor, »wird stattfinden, aber das Beil wird nicht niedergehen.«

»Nicht?« fragte Ebergeil.

»Nein.«

»Wird es niedergehen oder nicht?«

»Es wird nicht niedergehen.«

Er wollte noch ein paar Worte über das notwendige »Spiel vor dem Tod« hinzufügen, aber Ebergeil fiel plötzlich auf die Knie und küßte ihm den Stiefel, und dieser Kuß war schwer vor Glück, war wie ein Hammerschlag.

Der Gefängnisdirektor ging hinaus, wischte sich mit dem Handrücken die Augen und blickte unwillkürlich auf den Stiefel. Der Lack glänzte heller als gewöhnlich. Der Direktor berührte ihn, und seine Finger färbten sich rot – an ihnen war Blut von Ebergeils Lippen, Lippen, die sich nicht geschont hatten.

Ebergeil kreiselte wie ein Betrunkener durch die Zelle und prallte immerzu gegen die Wände. Er war ganz von dem Augenblick erfüllt, wollte über ihn nachdenken, vermochte es aber nicht, weil eine plötzliche Denkblindheit – Resultat der Erschütterung – ihn zu einem glücklichen Tier gemacht hatte. Irrsinnige Begeisterung überschwemmte, überflutete sein Herz, und er versank in ihr. Schließlich fühlte er stille, freudige Mattigkeit, wie Kinder sie kennen, die lange an der frischen Luft gespielt haben, bis im Haus die Lichter brennen und am Himmel die Sterne blinken. Da gewann er die Denkkraft zurück.

»Ja! Ach ja!« sagte er. »Gute, liebe Zwangsarbeit! Ich werde zur Zwangsarbeit geschickt, werde leben! Wie schön ist es, bis zum Umfallen zu arbeiten! Wie schön auch, die Kette am Fuß nachzuschleppen, sich selbst zu fühlen, sein lebendiges Bein! Vortreffliche Ketten. Ein Paradies ist es, keine Zwangsarbeit!«

Wieder knirschte der Schlüssel, und Ebergeil erhob sich mit leuchtenden Augen. Er wußte, daß das Beil nicht niedergehen würde. Mit einem Gefühl inneren Triumphes gab er sich, so gut er konnte, den Anschein, tief erschüttert, aber schicksalsergeben zu sein; er beichtete, lauschte dem Geleitwort des Geistlichen und setzte sich in den Karren. Die blankgezogenen Säbel der Begleitsoldaten blitzten, als die Prozession inmitten einer dichtgedrängten, sensationslüsternen Menge zum Hinrichtungsplatz zog. Ebergeil hörte, wie sie »Mörder!« riefen, und wiederholte freudig: »Mörder!« Er zwinkerte den Schreihälsen freundlich zu und versenkte sich in die Vorstellung des hoch erhobenen, aber nicht niedergehenden Beils.

3

Während Ebergeil, die Hände auf dem Rücken gefesselt, das Gerüst hinaufstieg, betrachtete er würdevoll und herablassend die Szene des schweren Spiels. Der Richtblock – ein niedriger Klotz, mit Reifen beschlagen – sah keineswegs harmlos aus, was Ebergeil zwar nicht aus dem Gleichgewicht brachte, aber dadurch frappierte, daß er genau seiner Vorstellung – über den Hals und das Beil – entsprach. Auf einer kleinen Bank neben dem Richtblock funkelte in einem geöffneten roten Futteral das Beil, Ebergeil hatte es sofort erspäht. Es war dasselbe Beil mit der halbmondförmigen Schneide und dem runden Eichenschaft, das ihm gestern morgen den Hals gespalten hatte.

Unwillkürlich verband Ebergeil im Geiste wieder drei Dinge: die Oberfläche des Richtblocks, seinen Hals und die Schneide, die durch seinen Hals hindurch ins Holz dringt; dadurch wurde ihm bewußt, daß ihm das genaue Wissen um die entsetzliche, komplizierte Folter geblieben war. Sogleich speicherte er mit der ihm eigenen Beweglichkeit und außergewöhnlichen Vorstellungskraft das neue Wissen um das Ausbleiben des Schlags, und er begann der Verlesung des Urteils zu lauschen, wobei er aufmerksam den Henker musterte – Gehrock, schwarze Handschuhe, Zylinder und schwarze Halsbinde.

Das Gesicht des Henkers, ein grobschlächtiges Dutzendgesicht, das in keiner Volksmenge aufgefallen wäre, zog Ebergeils Blick an; dieses Gesicht übte dank der Macht, ungestraft am hellichten Tage vor einer riesigen

Zuschauerschaft einem Menschen den Kopf abzuschlagen, die Faszination einer Schlange aus.

Über den leeren Raum rund um das Schafott hinweg starrte die Menge Ebergeil mit angehaltenem Atem an.

Der Henker trat zu Ebergeil, nahm ihn bei den Schultern, drückte ihn zum Richtblock nieder und sagte laut:

»Herr Ebergeil, legen Sie den Kopf hierhin, mit dem Gesicht nach unten, knien Sie sich von selbst hin und bewegen Sie sich nicht, sonst könnte mein Schlag ungenau und zu flach ausfallen.«

Ebergeil tat, wie ihn der Henker geheißen, schob sein Kinn über den Rand des Richtblocks und mußte lächeln. Unter seinen Augen war ein rauher, frischer Bretterbelag mit schmalen Ritzen. Er nahm den Geruch von Holz und Gras wahr.

Von hinten sagte eine Stimme:

»Henker, vollstrecken Sie das Urteil.«

Ohne etwas zu sehen, wußte Ebergeil, daß im nächsten Moment das Beil erhoben wurde. Er wartete auf den Befehl aufzustehen. Aber alle schwiegen, und er verharrte in seiner unbequemen Haltung eine Minute, eine zweite, dritte und fühlte deutlich, wie die Zeit verrann. Das Schweigen und die Reglosigkeit ringsum dauerten an.

Nun schlägt er zu, dachte Ebergeil und wurde steif. Sie haben mich betrogen.

Fürchterliche Schwermut brachte sein gegen die Rippen schlagendes Herz zum Stillstand, und das genaue Wissen um den Schlag durchdrang ihn unaufhaltsam. Er schluckte krampfhaft Luft, fühlte, wie ein Feuerwirbel seinen Körper durchraste, wie sich sein Hals streckte und sein Kopf aufs Gerüst herabneigte; dann starb er.

Der Mann mit den Handschuhen, der das Beil angehoben hatte, hörte:

»Halten Sie ein, Henker. Die Hinrichtung ist aufgehoben.«

Der Henker ließ das Beil zu seinen Füßen sinken. Einen Augenblick später löste sich der Kopf Ebergeils, der noch immer reglos am Richtblock kniete, vom Rumpf und schlug laut polternd auf das Gerüst, überströmt von Blut, das aus dem Halsstumpf wie aus einer Pumpe niederschoß.

»Der Henker hat zugeschlagen«, sagte Konseil.

Colomb überflog noch einmal aufmerksam die Zeitungsnotiz über die merkwürdige Hinrichtung und packte den Feuilletonisten beim Westenknopf.

»Der Henker hat nicht zugeschlagen.« Er hob die Hand und beschrieb die Bewegung des Beils. »Das Beil ist so in der Luft stehengeblieben, und nach den bekannten Worten des Staatsanwalts wurde es im Bogen am Kopf des Verbrechers vorbeigeführt, zu den Füßen des Henkers. Das dauerte eine Sekunde.«

»In dem Falle ...«

»... ist der Kopf von selbst abgefallen.«

»Lassen Sie meinen Knopf los«, sagte Konseil ärgerlich. »Jetzt wird doch tatsächlich ein Streit darüber losgehen, ob Ebergeils Kopf von selbst abgefallen ist oder nicht. Aber wenn Sie mir den Knopf abreißen, werde ich nicht behaupten, daß er von selbst abgegangen ist.«

»Wenn der Knopf darüber so eindringlich nachdenken könnte wie Ebergeils Kopf ...«

»Ja, aber Sie sind doch Akademiemitglied.«

»Lassen wir das«, sagte Colomb. »Der Augenschein sagt häufig das, was man von ihm hören will. Ebergeil war ein stigmatischer Typ.«

»Ausgezeichnet!« sagte Konseil, als er nach einer Weile das Café verließ. »Morgen blamiere ich Sie in der Zeitung, Colomb, den vorzüglichen Gelehrten! Übrigens«, fügte er hinzu, »ist es nicht einerlei, ob der Kopf von selbst abgefallen ist oder abgeschlagen wurde? Was ist schlimmer – abschlagen oder einen Menschen zwingen, sich selbst den Kopf abzureißen? Jedenfalls hat sich der Henker zwischen zwei Stühle gesetzt, und er wird gründlich darüber nachdenken müssen.« *1914*

Die Reueschrift

1

Ich schreibe selbige Zeilen am 10. Oktober des Jahres 1480 nach der Geburt unseres Herrn Jesus Christus. Nach Gottes Ratschluß ist die Zeit gekommen, daß ich bereue und das von mir verübte unerhörte Verbrechen gestehe.

Gepeinigt von Gewissensbissen, habe ich diese Feder angespitzt, auf daß alle von der ruchlosen und eigennützigen Tat des Glöckners der Heiligengeistkirche erfahren, der sich nun aus freiem Willen dem Henker überantwortet.

Ich werde jetzo den Gang der Ereignisse, die dem Verbrechen vorausgingen, so schildern, als wär ich ihr Augenzeuge gewesen, damit die Leser dieser Schrift innewerden, wie unsagbar edelsinnig Hans Pichholz, Diener beim Herzog Pommerci, gehandelt hat und wie niedrig ich, der Glöckner Valera Ostvald.

2

Regenwolken bedeckten den Himmel über den Dächern der Stadt Amsterdam, als der Herzog Pommerci, einer Verschwörung gegen mein Vaterland überführt, sich genötigt sah, nachts aus seinem Hause zu fliehen, all seinen Besitz der Konfiskation überlassend und nur eine Schatulle voll Brillanten mit sich nehmend, deren Wert sich auf eine Summe von fünfhunderttausend Talern belief. Die Kutsche erwartete den Herzog vor der Stadt, und er eilte, in einen Regenumhang gehüllt, mit seinem Leibwächter Hans Pichholz über den Rathausplatz.

Hans, ein Mann von fünfundvierzig Jahren, dem Herzog und dessen Familie, die in Dover lebte, beispiellos ergeben, war dank seiner physischen Kraft als Leibwächter bestens geeignet. Er brachte mit einem Faustschlag einen Keiler zur Strecke und konnte mit Leichtigkeit zwölf Zoll dicke Bretter in den ersten Stock eines Baus hinaufreichen. Bei alledem war Hans ein stiller und ausnehmend freundlicher Mensch, aß aber gern und viel, und als er sich einmal in Bremen über einen Kessel hermachte, der zehn Landsknechte sättigen sollte, leerte er ihn allein binnen kürzester Zeit.

Die Schatulle barg der Herzog, ein alter und hinfälliger Mann, an der Brust, Hans ging mit einem Knüppel voraus. Als die Flüchtlinge in eine Seitengasse einbogen, gewahrten sie Schatten, die den schmalen Durchgang versperrten. Hans und der Herzog blieben stehen, Pommerci zog die Pistole, aber aus Angst, die Aufmerksamkeit der

Wachen zu wecken, was für ihn noch unerquicklicher denn für die Räuber gewesen wäre, schoß er nicht, sondern beschränkte sich auf den Degen.

3

Fünfzehn mit Dolchen und Rapieren bewaffnete Männer überfielen Hans und den Herzog. Der Herzog, sein Leben und seinen Schatz verteidigend, schlug sich verzweifelt und verwundete zwei oder drei der Angreifer. Das Gemetzel verlief in völligem Schweigen, nur das Klirren der Klingen und das Krachen der Körper waren zu hören. Da strahlte eine Laterne dem Herzog in die Augen und blendete ihn; er führte einen unsicheren Stoß und stürzte, von einem langen Rapier getroffen, zu Boden.

»Hans, zu mir!« rief er und verlor das Bewußtsein.

Als Hans das sah, zählte er nicht länger die Feinde, hatte er nicht länger Angst vor ihren Schlägen, er raste vor Wut, was ihm die Zerstörungskraft eines Sturmbocks oder einer Kanonenkugel verlieh. Rasch packte er die beiden nächsten Räuber bei den Schultern und stieß sie mit den Stirnen zusammen, was augenblicklich ihren Tod herbeiführte, woraufhin die Leichen zu seinen Füßen niederfielen. Alsdann erschlug er mit einem herausgerissenen Pflasterstein noch drei, die übrigen entwichen. Hans beugte sich über den Herzog und lauschte seinen Worten, die so leise gesprochen wurden, daß an dem baldigen Ende des edlen Pommerci nicht zu zweifeln war.

»Hans, bei unserm Herrn Jesu Christi, bewahre die Edelsteine für meine verwaiste Familie.«

Hans weinte, und als er den Herzog im Todeskampf zucken sah, fragte er leise:

»Wo soll ich sie verstecken?«

Da er jedoch keine Antwort bekam, mußte er sich mit der traurigen Wirklichkeit abfinden, nahm die an der Brust des Herzogs versteckte Schatulle mit den Brillanten und eilte zu mir, Valera Ostvald, Glöckner der Heiligengeistkirche.

4

Jetzo muß ich zu meinem Entsetzen und zu meiner Schande gestehen, daß Hans mein alter Freund war. Ich war häufig bei ihm zu Gast gewesen und er bei mir. Darum kam er zu mir, in die abgeschiedene menschenleere Stätte am Rande der Stadt.

Ich wurde wach, als es ans Fenster klopfte, daß die Scheiben klirrten. Ich nahm die Kerze und ging durch die Kirchenvorhalle zur Tür. Da ich sie geöffnet hatte, erblickte ich Hans – das Gesicht weiß wie Wachs, die Hände blutverschmiert.

»Schnell, schnell!« flüsterte er. »Laß mich ein. Ein Unglück. Alles ist verloren, auch ich bin verloren ...«

Wie ich ihn so fassungslos sah, schloß ich geschwind die Tür hinter ihm und zog ihn in mein Zimmer, wo er erst einmal Wein begehrte. Er leerte den Becher in einem Zug und sagte:

»Valera, mein Leben ist keinen Groschen mehr wert ... Höre, was geschehen ist ...«

Und er erzählte mir das oben Dargelegte.

»Um Christi willen, versteck das hier vorläufig bei dir, es ist der ganze Besitz des verschiedenen Herzogs. Mich werden sie aufspüren, darum wage ich nicht, es bei mir zu behalten. Versteck du es.«

Hans öffnete vor meinen Augen die Schatulle, aus der beim schwachen Kerzenschein ein solch funkelndes Diamantenfeuer hervorloderte, daß ich sündiger Mensch vor Schreck und Gier aufstöhnte.

»Warte«, sagte ich, »warte, Hans... Laß mich überlegen.«

Aber ich überlegte nur, wie ich diesen unschätzbaren Reichtum an mich bringen könnte. Der Teufel (nie soll dieser Feind zur Nacht erwähnt werden) kam mir zu Hilfe. Und ich – o weh! – erlag seinen Einflüsterungen. Es war ein Leichtes, den treuherzigen Hans hinters Licht zu führen.

5

»Hör zu«, sagte ich nach langem, sehr langem Schweigen, »wir müssen es an einem Ort verstecken, wo es nicht gefunden werden kann. Wer weiß, vielleicht sind dir jene, die sich der Schatulle bemächtigen wollen, auf der Spur, und sie warten nur, bis die Wachen hier sind? Beeilen wir uns, du mußt mir helfen.«

Nach diesen Worten stand ich auf und bedeutete Hans, mir zu folgen. Wir stiegen die Wendeltreppe im Glockenturm hinauf, bis zu den düster über uns hängenden Glokken.

»Siehst du die große Glocke?« sagte ich zu Hans.

»Wenn wir die Schatulle innen am Klöppel festbinden, wer käme auf den Gedanken, daß dort Brillanten hängen? Inzwischen schlägst du dich heimlich nach Dover durch und setzt die verwaiste Familie des Herzogs davon in Kenntnis. Ein Bote der Familie gibt sich mir durch ein Zeichen, das wir noch vereinbaren, als Vertrauensmann zu erkennen, und ich händige ihm die Schatulle aus. Alldieweil ich aber die Schatulle nicht in die Hände nehmen möchte, um im Falle eines Verlustes, und sei es auch nur eines Edelsteins, nicht in Verdacht zu kommen, bitte ich dich, die Schatulle selbst in der Glocke zu befestigen.«

Hans umarmte und küßte mich, und ich gab ihm wie Judas, ohne zu erröten, den Kuß zurück. Danach legte ich an den Balken, woran die Glocken hingen, die fünfzig Fuß lange Leiter an, näher zum Rand der Glocke hin, und Hans, den Schatullengriff zwischen den Zähnen, stieg hinauf.

Ich war dermaßen erregt, daß ich mit der Hand das Herz festhielt. Nur auf so ausgeklügelte Weise konnte ich Hans töten; andernfalls, wie immer ich gegen ihn vorgegangen wäre, würde er mich getötet haben. Angespannt und mich in Gedanken für den entscheidenden Schritt wappnend, blickte ich mit zurückgelehntem Kopf hinauf und konnte Hans nur undeutlich erkennen, wie er da oben in der Glocke hing, die Beine um den Klöppel geschlungen.

»Fertig«, sagte er, »ich habe die Schatulle mit einem Lederriemen festgebunden, das hält.«

Da zog ich rasch die Leiter weg. Hansens Fuß tastete nach der Sprosse und scharrte mit solcher Anstrengung

durch die Luft, daß sich mir das Herz zusammenkrampfte, aber ich blieb fest.

Mit der Gemeinheit eines abgefeimten Bösewichts, meine Stimme selbst nicht wiedererkennend, sprach ich die Worte:

»Mein lieber Freund Hans, die Leiter ist nicht mehr da. Ich will, daß diese Edelsteine mein sind. Du wirst eine Weile dort hängen, dann erlahmen, von der Höhe des Glockenturms durch alle Stockwerke herunterfallen und dich zu Tode stürzen. Sei Gott deiner Seele gnädig und du der meinigen, denn ich bin schwach und konnte der Versuchung nicht widerstehen. Leb wohl!«

Tiefes, schauervolles Schweigen folgte meinen Worten; ich lief, über mir die frohlockende Hetzjagd aller Höllenkräfte fühlend, die Treppe hinunter, setzte mich in mein Wohnstübchen und wartete, den Aufprall des Körpers zu hören, um sogleich das Blut in der Kirchenvorhalle wegzuwischen, den Leichnam im Handwagen zum nahen Fluß zu fahren und dort zu versenken.

6

Ich weiß nicht, wieviel Zeit vergangen war, als ich, im Feuer der Angst, Gier und Unruhe brennend, den dumpfen, jedoch merkwürdigen Aufschlag eines Gegenstands hörte. Ich leuchtete über den Fußboden und sah gegenüber der Tür etwas auf den Fliesen liegen, das mich bei näherer Betrachtung mit irrsinniger Begeisterung erfüllte. Es war die Schatulle; vermutlich hatte Hans sie heruntergeworfen, um sich sein Leben zu erkaufen. Aber konnte ich darauf eingehen? Nein! Seine entfesselten Hände hätten mir den Garaus gemacht.

Kaum hatte ich die Schatulle an mich genommen, da hörte ich von hoch oben ein unterdrücktes Stöhnen. Der Ärmste nahm wohl Abschied vom Leben. Gleich darauf fiel mir, mich beinahe zu Boden reißend, ein blutiger Sack mit Knochen vor die Füße – Hansens Leichnam. Der Aufprall hallte im Vorraum wider. Kaum noch meiner Sinne mächtig, beugte ich mich über Hans. Sein Gesicht war zu einer blauen Maske erstarrt, aus dem offenen Mund kam ein eigenartiges Glitzern. Ein entsetzlicher Gedanke durchzuckte mein Hirn; rasch öffnete ich die Schatulle – sie war leer.

Mehr tot als lebendig, meiner ruchlosen Missetat schon fluchend, leuchtete ich Hans in den Mund. Dort steckten zwischen den gefletschten Zähnen zwei, drei Edelsteine, die Hans nicht mehr hatte hinunterschlucken können. Aber sie glänzten blutrot. Ich heulte auf und bat Gott, mir meine momentane Geistesverwirrung zu vergeben. Ich schlug mir an die Brust und küßte Hans, alsdann brachte ich den Toten mit dem Handwagen in den Garten und begrub ihn sorgsam unter einer Pappel. Hansens Treue und Ergebenheit hatten mich tief erschüttert.

Tags darauf sandte ich der Gemahlin des Herzogs Pommerci einen Brief mit der genauen Beschreibung von Hansens Grab und dem Zusatz:

»Eure Brillanten, Herzogin, sind bei ihm, in ihm, unter seinem Herzen, das so selbstlos und ergeben die zu lieben vermochte, denen er diente.«

Nun straft mich, Menschen und Gott. Vor dem Tod wünsche ich nur eins: Möge das Beil leicht und unmerklich den Hals des Valera Ostvald durchschlagen, der zu Lebzeiten Glöckner war und auf dessen Seele jetzt das Höllenfeuer wartet.

Diese einfältige Darlegung eines bestialischen Verbrechens wurde in den Papieren des Malers Goya gefunden, der ein großer Liebhaber solcher Handschriften war.

1914

In der Nacht und am Tage

1

Um sieben Uhr abends, als die Waldsonne unterging, löste der Soldat Mur den Soldaten Lid auf dem Posten ab, von dem schon mancher nicht zurückgekommen war. Lid hatte bis acht Uhr Wache gehalten und war deshalb recht sorglos; dennoch bekreuzigte er sich schweigend, als Mur seinen Platz einnahm. Auch Mur bekreuzigte sich, denn die unheilvollsten Stunden – von acht bis zwölf – fielen ihm zu.

»Hast du irgendwas gehört?« fragte er.

»Ich habe nichts gesehen und nichts gehört. Mur, hier ist es unheimlich, an diesem Zauberfluß.«

»Wieso?«

Lid dachte nach und sagte:

»Es ist so still.«

Tatsächlich, die weiche Stille des Dickichts, das von einem lichten, lautlos eiligen Bach durchschnitten wurde, barg etwas Einschmeichelndes, einlullend Zärtliches, und die Gefahr tarnte sich als friedvoller blauer Abend, als Wald und durchsichtiges Wasser.

»Halt die Augen offen!« sagte Lid und drückte Mur kräftig die Hand.

Mur blieb allein. Der Platz, wo er stand, war eine kleine, dreieckige Lichtung, deren eine Seite vom steinigen Ufer des Flüßchens begrenzt war. Mur ging zum Wasser und dachte, wie recht doch Lid hatte: der reinste Märchenwald, wie geschaffen für Kobolde und Zauberwesen. Das Flüßchen war nicht breit, aber reißend; es hatte die Ufer ausgehöhlt, so daß finstere Überhänge schwarze Schatten auf die kristallklare Strömung warfen; große Steine, gelb wie Gold und grün von Wasserpflanzen, lagen auf dem Grund; das reichverzweigte Blattwerk des Waldes breitete ein prunkvolles Schattengewölbe über den Fluß; und in der Tiefe furchten in wildem Wirrwarr gigantische Wurzeln das Wasser; die Baumstämme, verwunschenen Riesen gleich, traten Reihe um Reihe in die Stille der unheimlichen Dämmerung zurück, lösten sich auf, wurden zu Finsternis und Schweigen grausliger Unzugänglichkeit. Tausende Spiegelungen des schummrigen Lichts in und über dem Wasser hatten einen funkelnden rosa Punkt auf einen Stein am Ufer gezaubert; Mur starrte ihn an, bis er verschwand.

»Ein verfluchter Ort«, sagte er und betrachtete forschend die kleine Waldwiese, als könnte das von seinen Vorgängern zertrampelte Gras eine unsichtbare Gefahr aufzeigen, eine Warnung flüstern, das Hirn mit einer plötzlichen Ahnung erhellen. »Sigby, Gock und Bilder haben hier gestanden, wo ich jetzt stehe. Der riesige Biron ist unruhig umhergestapft und hat die bullenbreiten Schultern gereckt; Geschan hat sich den Schnurrbart gezwirbelt und mit seinen schönen Schafsaugen jeden Zweig,

Stubben und Stamm angestarrt... Sie alle sind nicht mehr. Vielleicht erwartet mich das gleiche. Aber was?«

Das wußte er ebensowenig wie der übrige Trupp des Hauptmanns Tscherbel. Tscherbels Verlustliste verzeichnete neben Soldaten, die an Schlangenbissen, Fieber oder in dem freiwilligen Wunsch gestorben waren, ins geheimnisvolle *Nichts* einzugehen, was in den Annalen des furchtbaren Feldzuges keine Seltenheit war, neben Getöteten und Verwundeten auch fünf Verschollene. Unter den Soldaten wurden unterschiedliche Vermutungen geäußert. Die einfachste, wahrscheinlichste Erklärung fand Tscherbel: »Ich nehme an, daß es sich um einen sehr klugen, geduldigen und gewandten Wilden handelt, der unverhofft und lautlos angreift.«

Niemand widersprach dem Hauptmann, aber die besorgte Phantasie suchte hartnäckig nach anderen Versionen, die damit in Einklang zu bringen wären, daß die Morde keine Spur hinterlassen hatten und die Spähtrupps Feindesnähe ausschlossen. Mur dachte eine Weile darüber nach, dann malte ihm sein derart eingestimmter Geist, immer mehr dem Aberglauben nachgebend, grauenhafte Szenen des geheimnisvollen Verschwindens und jagte auf dem Weg krankhafter Angst ohne Halt den Abgründen der Phantasie entgegen. Er sah durchgetrennte weiße Hälse, Leichen auf dem Flußgrund, behaarte und – wie bei einem abendlichen Schatten – lange Arme, die hinter Baumstämmen hervor nach dem Hinterkopf eines erstarrten Soldaten griffen, sah Fallen und Wolfsgruben; er hörte das Schwirren eines Pfeils, getränkt mit Wolfsmilch oder dem Gift der Vogelspinne, die dem Gerippe eines Lampenschirms gleicht. Ein Reigen Gesichter, von

Angst gepeinigt, tanzte vor seinen Augen. Er besah sein Gewehr. Der zuverlässige Stahl des Schlosses, das Bajonett, der drei Pfund schwere Kolben und dreißig Patronen verscheuchten den Eindruck von Schutzlosigkeit; Mur blickte kühner in die Runde, ging über die Wiese und spähte den Waldsaum entlang.

Unterdessen erlosch der Luftstrom des Lichts, der aus den im Abendblau flammenden Wolken gekommen war, und die Bäume hüllten sich auf der eben noch angestrahlten Seite allmählich in den durchsichtigen Mantel der Dämmerung. Von den Schatten, die den funkelnden Lichtschimmer des Laubes tilgten, dem einschlafenden Flüßchen und dem nachdenklich ruhigen Himmel ging kalte Drohung aus, furchteinflößend wie ein Blick unter gerunzelten Brauen, der zufällig aufgefangen wird. Mit dem Bajonett die Sträucher abtastend, ging Mur zum Flüßchen. Er blickte forschend stromab und stromauf, sprach sich dann Mut zu und nahm sich vor, der Angst zu widerstehen und, was auch immer geschehe, sich fest in der Hand zu haben.

Die Sonne verschwand endgültig und nahm die Schatten mit, die den Wald erfüllt hatten. Vorübergehend, solange die Dämmerung nicht in Dunkelheit übergegangen war, schien es weiträumiger und reiner in dem sonnenlosen Dickicht geworden zu sein. Der Blick durchdrang freier die Grenzen des Waldsaums, wo es still war wie in einem Grabgewölbe, menschenleer und finster. Noch raunte die Zunge der Angst Mur keine zusammenhanglosen Worte zu, die das Herz gefrieren ließen, dennoch lauschte und spähte er wie ein scheues Tier, das es an den gefährlichen Ort menschlicher Besitzungen verschlagen hat.

Finsternis brach herein, wich vor Murs krampfhaft angestrengten Augen zurück und rückte erneut an, als sich der Soldat, außerstande, die ungewollten, den Blick verschleiernden Tränen zurückzuhalten, die Augen wischte. Schließlich hatte sich die Finsternis durchgesetzt. Mur sah seine Hände und das Gewehr, mehr nicht. Aufgeregt begann er hin und her zu gehen, das Gewehr in die schweißigen Hände gepreßt. Seine Schritte waren fast lautlos, nur einmal knackte unter dem Druck seiner Sohle ein Zweig; der in der klingenden Stille scharfe Laut nagelte ihn am Boden fest. Das Wummern seines Herzens benahm ihm den Atem; verzweifelte wilde Angst schlug die zitternden Beine mit plötzlicher bleischwerer Schwäche. Er hockte sich hin, dann legte er sich, kroch ein paar Meter und verharrte. Das dauerte nicht lange; wieder zu Atem gekommen, stand der Soldat auf. Aber er war nun in der Gewalt der Angst und ihr untertan.

Das Wesentliche, das seine lodernde Phantasie jetzt beschäftigte, war der *Raum hinter ihm*. Der konnte nicht verschwinden. Wie oft sich der Soldat auch umdrehte, immer blieb hinter seinem Rücken die dem Blick verschlossene verräterische Leere der Finsternis. *Hinten* war überall, wie auch überall *vorn* war für ein Wesen, das nur ein Gesicht und einen Rücken hatte. Hinter ihm lauerte der Tod. Wenn der Soldat ging, hatte er das Gefühl, daß ihm jemand auf den Fersen war; wenn er stehenblieb, peinigte ihn die Angst vor einem geheimnisvollen Schlag. Der intensive Waldgeruch benebelte sein Hirn. Zu guter Letzt dünkte ihn, er sei tot oder schlafe oder phantasiere. Eine jähe Versuchung durchfuhr ihn: der Qual entfliehen, Hals über Kopf davonrennen, bis zum

Umfallen, die Grenzen der Finsternis ausdehnen, Abstand schaffen zwischen dem davonlaufenden Rücken und dem entsetzlichen Ort.

Er holte schon tief Luft und bedachte den Schritt, den ihm die Angst eingab, als er plötzlich bemerkte, daß die durchlässiger werdende Finsternis die Schatten der Baumstämme hervortreten ließ, das Flüßchen am Abhang funkelte und alles ringsum in klarem nächtlichem Glanz auflebte. Der Mond war aufgegangen. Der Mondmorgen erhellte das Grün der duftenden Gewölbe, nachdem er die schwarzen Reihen der Schatten ausgelegt hatte; in der reglos flimmernden Luft unterm blauen Himmel herrschte die kalte Starre des Lichts. Wie schwereloses, durchsichtiges Eis!

2

Mur betrachtete noch einmal sorgsam Waldsaum und Flußufer und beruhigte sich einigermaßen.

Die Reglosigkeit des Waldes hatte, soweit das Auge es erfaßte, nichts Verdächtiges; bei dem Gedanken, daß auf der mondbeschienenen Waldwiese niemand einen Mordanschlag wagen werde, lächelte Mur dankbar der nächtlichen Sonne zu, bezog mitten auf der Wiese Posten und drehte sich von Zeit zu Zeit nach allen Seiten. So stand er eine Minute, zwei, drei, da vernahm er einen deutlichen Seufzer, dicht hinter ihm ausgestoßen, er erschauerte und stürmte, das Gewehr im Anschlag, zum Fluß.

Gleich ist es soweit, gleich! dachte der Soldat. Die blutrünstigen Visionen lebten in seinem verschreckten Geist wieder auf. Das qualvolle Warten auf das Entsetzliche zermürbte ihn; benommen wandte er die angstgetrübten Augen in die Richtung, woher der Seufzer gekommen war, da sprach ihn plötzlich ganz in der Nähe jemand mit dem Namen an, dreimal: »Mur! Mur! Mur!«

Der Soldat spannte den Hahn und zielte auf die Stimme. Er hatte sich nicht mehr in der Gewalt. Die Stimme war leise und einschmeichelnd. Daß sie ihm bekannt vorkam, konnte eine Täuschung des Gehörs sein.

»Wer da?« fragte Mur fast tonlos, hingehaucht. »Nicht näher kommen, ich töte jeden, jeden!«

Er wußte kaum, was er sagte. Einer der Mondschatten bewegte sich hinter den Büschen, löste sich auf und erschien von neuem, nun ganz nahe. Mur ließ das Gewehr sinken, sicherte es aber nicht, obwohl vor ihm Leutnant Ren stand.

»Ich bin's«, sagte Ren. »Beweg dich nicht. Leise.«

Rens rundes Durchschnittsgesicht sah im Mondlicht rätselhaft und verschlagen aus. Die Zähne blitzten, der Schnurrbart schimmerte silbern, der Schatten des Mützenschirms fiel auf die Augen, die wie bei einem Luchs glühten. Er kam auf Mur zu, und der Soldat trat erbleichend zurück, das Gewehr im Anschlag. Schweigend sah er Ren an. Was will er hier? dachte der Soldat. Ein absurder, wahnwitziger Gedanke durchfuhr sein krankes Bewußtsein: Ren ist der Mörder, er, er, er tötet alle!

»Keinen Schritt weiter«, sagte der Soldat, »ich leg Sie um!«

»Was?«

»Ohne jeden Spaß! Ich töte Sie!«

»Mur, bist du von Sinnen?«

»Ich weiß nicht. Keinen Schritt weiter.«

Ren blieb stehen. Er war sich bewußt, daß er sich einer Gefahr aussetzte, wie sie in solch einer Ausnahmesituation ganz natürlich war.

»Fürchte dich nicht«, sagte er und trat zum Wald zurück. »Ich bin gekommen, um dir zu helfen, du Dummkopf. Ich will alles aufklären. Ich bleibe hier, hinter den Büschen.«

»Ich hab Angst«, sagte Mur und schluckte Tränen des Entsetzens herunter, »ich habe Angst, Angst vor Ihnen, Angst vor allem. Sie sind's, der die Wachposten umbringt!«

»Nein!«

»Doch!«

»Aber nein!«

Beklemmend wie ein Alptraum war dieser unsinnige Streit zwischen dem Offizier und dem übergeschnappten Soldaten. Sie standen einander gegenüber, der eine mit einem Revolver, der andere mit einem Gewehr, das vor Aufregung gegen die Schulter schlug. Als erster faßte sich der Leutnant.

»Da hast du meinen Revolver!« Er warf Mur die Waffe hin. »Heb ihn auf. Ich bin unbewaffnet.«

Der Wachposten hob, ohne Ren aus den Augen zu lassen, die Waffe auf. Der Panikanfall ebbte ab; Mur wurde ruhiger und vertrauensvoller.

»Ich bin müde«, stieß er kläglich hervor, »schrecklich müde. Verzeihen Sie mir.«

»Geh und kühl deinen Kopf im Fluß ab«, sagte Ren im Befehlston, und der Soldat gehorchte. Das eisige Wasser und die Hoffnung auf Rens Hilfe erfrischten ihn. Ohne

Mütze, mit nassen Haaren kam er auf die Lichtung zurück und harrte der weiteren Dinge.

»Vielleicht werden wir beide sterben«, sagte Ren, »und du mußt bereit dafür sein. Jetzt ist es elf.« Er blickte auf die Uhr. »Während ich hierherlief, ist mir die Luft knapp geworden in diesem undurchdringlichen Dickicht, aber noch habe ich meine Kraft beisammen und hoffe, daß alles gut wird. Stell dich hin oder geh herum wie zuvor. Ich bleibe in deiner Nähe. Vertrau auf das Schicksal, Mur.«

Als vorsorglicher Mensch ertastete er seinen zweiten Revolver und verschwand zwischen den Bäumen.

3

Ren suchte sich in den Büschen ein bequemes Plätzchen, wo er nicht gesehen werden konnte, selbst aber die Lichtung, das Flußufer und den hin und her stapfenden Mur im Blickfeld hatte. Der Leutnant dachte über seinen Plan nach, den geheimnisvollen Tod zu vernichten. Der Plan erforderte Ausdauer. Der gefährlichste Moment bestand in der Notwendigkeit, den Überfall abzuwarten, was den Wachposten rasch in den Himmel befördern konnte, falls Ren nicht schnell genug eingriff. Die Aufgabe wurde noch erschwert durch eine trübe Ahnung Rens – einen jener aufdringlichen dunklen Gedanken, die zur Manie werden können. Als Ren versuchte, in dieser Ahnung, genauer, Vermutung, eine unwiderrufliche Wahrheit zu sehen, wurde ihm übel vor Entsetzen; in der Hoffnung, sich zu irren, überließ er es schließlich den Ereignissen, das Geheimnis des Waldes zu lüften, und verharrte in der Pose eines Jägers, der einem wachsamen, scheuen Wild auflauert.

Die Büsche, in denen Ren saß, standen im Kreis und bildeten so etwas wie einen Brunnen. Rens unbeweglicher Schatten durchschnitt ihn. Als er das eingeschlafene Bein ausstreckte, fiel ihm auf, daß er damit die Konturen des Schattens veränderte, aber gleich darauf stellte er etwas Verblüffendes fest: sein Schatten bewegte sich deutlich von rechts nach links und schien selbständig zu leben, unabhängig von Rens Willen. Er drehte sich nicht um. Die kleinste Bewegung konnte ihn verraten und den Tod zur Folge haben. Angst packte ihn.

In qualvoller Erwartung des Unbekannten verfolgte er aufmerksam das Spiel des Schattens, der jetzt doppelt so lang geworden war; es war ein sich wandelnder Geisterschatten, der jede Ähnlichkeit mit Ren, dem Original, verloren hatte. Bald hatte er drei Arme und zwei Köpfe und spaltete sich langsam, der längere Schatten – der Schatten des Schattens – löste sich vom reglosen schwarzen Abbild Rens, der den Atem anhielt, und verschwand im Gebüsch.

Wie sehr er auch darauf lauschte, was hinter ihm vorging – sein angespanntes Gehör fing während der Metamorphose des Schattens nicht das leiseste Geräusch auf; mit seiner Gestalt zwei Schatten vermischend, war *irgendwer* hinter Ren stehengeblieben und dann weitergegangen, und dieser Irgendwer bewegte sich ideal lautlos. Er war die sichtbare Inkarnation der Angst – des Körpers und der Schwere enthoben. Dem Unbekannten nachzusetzen, hielt Ren für eine unverzeihliche Kurzschlußhandlung. Er sah und fühlte, daß er der Auflösung des Geheimnisses nahe war, bewahrte aber die Kraft der Selbstbeherrschung für den entscheidenden Moment.

Zu dieser Zeit stand Mur vor einer riesigen Tamarinde, das Gesicht Ren zugewandt. Mit unverhoffter Geschwindigkeit gerieten die dichten Zweige des Baums in Bewegung und gaben einen herabspringenden Menschen frei. Im Fallen streckte er zupackend die Hände aus. Seine Knie schlugen gegen Murs Schulter; der Soldat, von dem Stoß niederstürzend, schrie auf und ließ das Gewehr fallen, da würgten ihn schon eiserne Finger, die es mit dem Töten eilig hatten und geschickt und flink den blau anlaufenden Hals zusammenpreßten.

Ren stürmte aus dem Hinterhalt. Die trüben Augen des Angreifers richteten sich auf ihn. Mit einer Hand hielt er den krampfhaft zuckenden Soldaten fest und streckte die andere abwehrend Ren entgegen. Ren schlug ihn mit der Revolvermündung auf den Kopf. Da ließ der Mörder sein erstes Opfer los und warf sich auf das zweite, versuchte den Gegner zu Fall zu bringen und bot in diesem Kampf all seine grimmige und verzweifelte Geschicklichkeit auf.

Einander die Schultern niederdrückend, trampelten sie, schwer atmend, neben dem betäubten Soldaten herum. Dann verlor Ren das Gleichgewicht, denn der andere packte ihn an Bein und Rücken und biß ihn ins Handgelenk. Sein Gesicht hatte nichts Menschliches, aus ihm sprach Mord. Die Muskeln der eisenharten Arme vibrierten vor Anspannung. Er stieß immer wieder merkwürdige, wilde Worte aus, Vogelschreien vergleichbar. Ren versetzte ihm einen Schlag in die Magengegend. Das furchteinflößende Gesicht erlosch; die Augen schlossen sich, die Arme erschlafften, und der Mann stürzte bewußtlos nieder.

Ren sah ihm schweigend ins Gesicht, das vor Schmerz und Raserei eingefallen war. Die rassigen, markanten Züge dieses Gesichts wurden von anderen, groben überlagert, so daß es den früheren Ausdruck eingebüßt hatte und einer gespenstischen Maske glich. Ren fesselte dem Mann mit einem dünnen Riemen die Hände und lief zu Mur.

Der Soldat stöhnte heiser und rieb sich den Hals. Er lag auf seinem Gewehr. Ren schöpfte mit dem Helm Wasser und gab dem Soldaten zu trinken, worauf sich dieser ein wenig belebte. Rens erschöpftes Gesicht war für ihn wie eine himmlische Erscheinung. Ihm wurde bewußt, daß er lebte, und er ergriff die Hand des Leutnants und küßte sie.

»Laß den Quatsch!« murmelte Ren. »Ich bin dir auch dankbar, daß ...«

»Haben Sie ihn getötet?«

»Getötet? Hm ... ja, beinah ...«

Ren stand so vor Mur, daß der den liegenden, gefesselten Mann nicht sehen konnte. Der Soldat setzte sich auf und hielt sich den Kopf. Ren nahm das Gewehr.

»Mur«, sagte er, »bist du in der Lage, mich genau zu verstehen?«

»Ja, Leutnant.«

»Steh auf und geh zu dem Gestrüpp, ohne dich umzusehen. Dort wartest du auf meinen Pfiff. Aber wehe, du drehst dich um, hast du verstanden, Mur? Wenn du dich umdrehst, erschieß ich dich. Also, vorläufig wirst du mich nicht sehen. Nun geh!«

Das war kein Ort für Scherze. Der Wachsoldat wußte es, auch wenn er nichts begriffen hatte. Seine unsicheren

Bewegungen verrieten sein Zaudern. Ren sah ein Viertel seines Profils und ließ den Hahn knacken.

»Noch eine Kopfbewegung, und ich schieße!« Er stieß Mur gewaltsam auf den Wald zu. »Los! Das Gewehr bleibt bis zu deiner Rückkehr auf der Lichtung. Warte die Ablösung ab. Merk dir, ich war nicht hier, erzähle nichts bis zum Morgen.«

Mur verschwand taumelnd im mondbeschienenen Wald. Ren hob den Gefesselten auf und schleppte ihn ins Dickicht, so weit weg, daß niemand etwas hören konnte. Dann legte er die Last ab und kümmerte sich um den Gefangenen. Der lag da wie tot.

»Ein guter Schlag«, sagte Ren, »etwas zu gut.«

Er massierte dem Bewußtlosen das Herz, bis dieser, krampfhaft zuckend, die Augen aufschlug. Sie irrten umher und blieben schließlich auf Ren haften, zuerst voller Unverständnis, dann voller Haß und stolzer Resignation. Er krümmte sich, richtete sich auf, versuchte die Hände freizubekommen und ließ, als er die Sinnlosigkeit seiner Bemühungen einsah, den Kopf sinken.

Ren hockte ihm gegenüber. Er scheute sich zu sprechen, denn der Laut der Stimme würde jede Hoffnung zunichte machen, daß das Vorgefallene ein Traum, eine Vision oder schlimmstenfalls eine Fieberphantasie war. Endlich raffte er sich doch auf.

»Hauptmann Tscherbel«, sagte er, »die Geschehnisse dieser Nacht sind unwahrscheinlich. Ich bitte um eine Erklärung.«

Der Gefangene hob den Kopf. Neugier und Argwohn blitzten in seinem beweglichen Gesicht auf. Er verstand Ren nicht. Der Gedanke, dieser könnte sich über ihn lustig machen, brachte ihn zur Raserei. Er sprang auf und versuchte die Fesseln zu sprengen. Sofort war auch Ren auf den Beinen.

»Hündischer Soldat!« stieß Tscherbel hervor, verstummte aber, von dem Boxhaken noch immer geschwächt, und lehnte sich mit dem Rücken an einen Baum. Wieder zu Atem gekommen, sprach er weiter: »Reden Sie den mit Tscherbel an, der Sie und Ihre Männer in diese Wälder geführt hat. Wir haben euch nicht gerufen. Der Gier gehorchend, die euch Weißen im Blut liegt, seid ihr hergekommen, um den armen Wilden alles zu nehmen. Unsere Dörfer sind niedergebrannt, unsere Väter und Brüder verfaulen, von Kugeln durchlöchert, in den Sümpfen; die Frauen sind von den ständigen Märschen entkräftet und krank. Ihr verfolgt uns. Weshalb? Gibt es bei euch nicht genug Felder, Tiere, Fische und Bäume? Ihr verschreckt unser Wild; Füchse und Hirsche gehen nach Norden, wo die Luft frei von eurem Geruch ist. Ihr brennt Wälder ab, spielt wie Kinder mit dem Feuer, ihr stehlt unser Brot, Vieh und Gras und zertrampelt unsere Saat. Verschwindet, oder ihr werdet alle vernichtet. Ich bin Banu-Skap, der Häuptling des Roddo-Stammes, und ich weiß, was ich sage. Ihr könnt uns nicht überlisten. Wir sind der Wald, und hinter jedem Baum lauert euer Untergang.«

»Tscherbel!« rief Ren schaudernd. »Ich habe das erwartet, aber ich wollte es bis zur letzten Minute nicht glauben. Wer sind Sie?«

Der Hauptmann schwieg verächtlich. Jetzt zweifelte er nicht mehr, daß er verhöhnt wurde. Er setzte sich am Baumstamm nieder, fest entschlossen, schweigend den Tod zu empfangen.

»Tscherbel!« sagte Ren leise. »Kommen Sie *zu sich*!«

Der Gefangene schwieg. Der Leutnant setzte sich ihm gegenüber, den Revolver noch immer in der Hand. Seine Gedanken liefen durcheinander. Er war nahe daran, den Verstand zu verlieren.

»Sie haben fünf Menschen getötet«, sagte Ren, ohne übrigens eine Antwort zu erwarten. »Wo sind sie?«

Das Gesicht des Hauptmanns verzog sich zu einem Lächeln.

»Ihnen geht es gut auf den Bäumen«, sagte er hart, »ich habe sie am andern Ufer in die Bäume gehängt, dicht unter die Wipfel.«

Das war in trockenem, sachlichem Ton gesagt. Nun verstummte Ren. Er hatte Angst, Einzelheiten zu erfahren, ihm graute vor Tscherbels Stimme. Der Hauptmann saß unbeweglich, die Augen geschlossen. Ren stieß ihn leicht an; der Mann rührte sich nicht; offensichtlich war er in tiefer Versunkenheit. Auf seinen Schläfen standen große Schweißtropfen, er atmete flach und war bleich wie das Licht des Mondes, der durchs Blattwerk blinzelte.

4

Ren grübelte über vieles nach. Er war von der grauenhaften Wirklichkeit wie betäubt. Aufmerksam betrachtete er seine Hände, seinen Körper, als zweifle er, daß es sein, Rens, Körper sei, mitsamt der ewigen, unwandelbaren Seele, die kein Schwanken und Heucheln kannte. Er war im Wald, in dem lautloses Wispern ihn aufrief, zu schleichen und sich zu verstecken, zu lauschen und zu lauern, geräuschlos aufzutreten und zu töten. Er war erfüllt von seltsamem Mißtrauen gegen sich selbst und gestand sich stockenden Herzens ein, daß es durchaus nicht verwunderlich wäre, wenn er im nächsten Moment Lust verspürte, sich mit wildem Schrei ins schläfrige Dickicht zu stürzen, mit den Fäusten auf die Bäume einzuschlagen, einen Knüppel zu schwenken, zu heulen und zu tanzen. Jahrtausende erwachten in ihm. Das wurde ihm mit Schrecken bewußt. Seine Empfindsamkeit war aufs äußerste gesteigert. Ihn deuchte, daß im Mondschatten die hoch oben aufgehängten Leichen baumelten, daß die Büsche schwankten und Mördern Schutz boten, daß die Baumstämme den Platz wechselten und sich auf ihn zubewegten. Um sich zu beruhigen, setzte er die Revolvermündung an die Schläfe; der kalte Stahl, gegen die pulsierende Ader gepreßt, gab ihm die Klarheit des Bewußtseins zurück. Jetzt saß er einfach da und wartete auf Tscherbels Erwachen, um ihn zu töten.

Der Mond verbarg sich; die warme Dämmerung kündigte sich an. Der erste Sonnenstrahl weckte Tscherbel. Sein eingefallenes Gesicht war von der Sonne rosig überhaucht, er blickte Ren aufmerksam an.

»Ren, was ist passiert?« fragte er besorgt. »Wieso bin ich hier? Und Sie? Verdammt! Ich bin gefesselt! Was zum Teufel...«

»Das ist ein Traum, Tscherbel«, sagte Ren traurig, »ein Traum, nichts weiter. Ich binde Sie jetzt los.«

Er löste dem Hauptmann rasch die Fesseln und legte ihm die Hand auf die Schulter.

Aha, dachte er, Banu-Skap verschwindet also bei Sonnenaufgang. Aber bei Sonnenaufgang ... wird auch Tscherbel verschwinden.

»Hauptmann«, sagte Ren, »vertrauen Sie mir?«

»Ja.«

»Dann gedulden Sie sich, die Wahrheit zu hören, und beantworten Sie mir drei Fragen. Wann haben Sie sich schlafen gelegt?«

»Um elf. Ren, sind Sie bei vollem Verstand?«

»Durchaus. Was haben Sie geträumt?«

»Geträumt?« Tscherbel sah Ren forschend an. »Tut das was zur Sache?«

»Vielleicht.«

»Seit Tagen träume ich immer dasselbe«, sagte Tscherbel verdrossen, »ich nehme an, das hängt mit den Ereignissen am Steinfluß zusammen. Ich sehe mich aus dem Lager gehen und Wachposten töten ... ja, ich erwürge sie.«

Ein dunkler Widerhall der Wirklichkeit ließ ihn für einen kurzen, schauerlichen Moment zusammenzucken, und er erbleichte.

»Die dritte Frage: Haben Sie Angst vor dem Tod? Denn das alles haben Sie nicht geträumt. Ich habe Sie in dem Moment gefaßt, als Sie Mur würgten. Ja – zwei Seelen. Aber das *konnten* Sie nicht wissen, Tscherbel. Ich will Sie nicht lange der Macht dieser wahrhaft teuflischen Entdeckung überlassen; sie kann einen um den Verstand bringen.«

»Ren«, sagte der Hauptmann und holte zum Schlag aus, »meine Ohrfeige riecht nach Blut, und Sie ...«

Er konnte nicht zu Ende sprechen. Ren fing seine Hand ab und erschoß ihn.

»Das ist gewiß das beste für ihn«, sagte er und blickte auf den Toten, »er ist als Tscherbel gestorben. Das andere ›Ich‹ hätte ihn zerschmettert. Ich werde ihn mit Major Castro am Abend begraben. Niemand sonst darf davon erfahren.«

Er ging zum Fluß und sah den ausgeruhten neuen Wachposten – Riedel.

»Laß das Gewehr, es ist alles in Ordnung«, sagte Ren. »Ich bin spazierengegangen und habe auf ein Reh geschossen, aber nicht richtig getroffen.«

»Nun läuft es davon, um zu sterben«, antwortete der Soldat fröhlich.

»Jetzt ist mir klar«, sprach Ren im Weitergehen vor sich hin, »warum die Posten im Lager Tscherbel nachts gesehen haben. Mein Gott, schon mit einer Seele hat es der Mensch schwer genug.« *1915*

DER WEG

1

Erstaunlich, daß Eli Star bei all seiner Offenheit nie ein Wort über seine eigenartige Entdeckung fallenließ; das wurde ihm zum Verhängnis. Hätte er sich mir gleich zu Anfang anvertraut, so würde ich alle Anstrengungen unternommen haben, um die Sache ins Lot zu bringen. Aber er war verschlossen; vielleicht nahm er an, daß ihm ohnehin keiner glauben würde.

Alles kam an dem Tag ans Licht, als der aufgeregte Hennicker, ohne den Hut abzunehmen, in mein Kabinett stürmte und nervös mit der Reitpeitsche fuchtelte, als wolle er mich schlagen, falls ich ihn hinderte, seinem Herzen Luft zu machen. Er setzte sich (nein – er ließ sich in einen Sessel plumpsen), und wir musterten einander.

»Köster«, sagte er endlich, »denkst du, daß Eli ein anständiger Mensch ist?«

Ich stand auf, setzte mich wieder und starrte ihn verwundert an.

»Sie haben einen über den Durst getrunken, Hennikker«, sagte ich. »Machen Sie sofort ein freundliches Gesicht, sonst glaube ich noch, Sie meinen es ernst.«

»Gestern«, sagte er in einem Ton, als lese er aus einem Buch das Testament eines Romanhelden vor, »gestern war Eli Star bei uns. Er sah niedergeschlagen aus, saß da wie ein Ölgötze und sagte bis zum Abend kaum ein Wort.

Nach dem Tee kam ein Kunde mit der Bitte, seine Hausfassade zu renovieren. Ich zog mich mit ihm zurück, aber durch die angelehnte Tür hörte ich, wie meine Schwester Syntia Eli vorschlug, im Garten spazierenzugehen. Etwa eine halbe Stunde nachdem mein Kunde gegangen war, erschien Syntia mit verweintem Gesicht bei mir. Sie kam direkt aus dem Garten, denn sie hatte noch das Wolltuch um den Kopf.

›Was ist denn?‹ fragte ich besorgt. ›Habt ihr euch gestritten?‹

›Nein‹, sagte sie und trat ans Fenster, so daß ich nur ihre zuckenden Schultern sehen konnte, ›aber zwischen uns ist alles aus. Ich werde nicht seine Frau.‹

Bestürzt stand ich auf; mein erster Gedanke war, Eli zur Rede zu stellen. Syntia erriet meine Bewegung. ›Er ist gegangen‹, sagte sie, ›er war fort, bevor ich überhaupt begriff, wie mir geschah. Er sprach davon, daß er wegfahren müsse.‹ Sie lachte böse auf; in der Tat, Köster, was kann eine Frau mehr verletzen?

Ich überschüttete sie mit Fragen, aber ich konnte nichts herausbekommen. Eli hat sein Wort zurückgezogen, ohne einen Grund zu nennen. Nun versuch, ihn zu verteidigen, Köster.«

Ich sah Hennicker aufmerksam an, er bebte vor Empörung, das Peitschenende zuckte wütend über den Boden. Ich war von dem Ganzen höchst irritiert.

»Vielleicht sagt er dir, was los ist«, fuhr Hennicker fort. »Bis jetzt waren seine ehrlichen Augen eine Erholung für mich.«

Ich nahm Hut und Stock.

»Bleib hier sitzen, Hennicker. Ich bin bald zurück. Übrigens, wann hast du ihn zum letztenmal gesehen? Außer gestern?«

»Vergangenen Sonntag, vor der Stadt. Er ging vom Park zur Milchfarm.«

»Aha«, hakte ich ein, »ihr habt euch also getroffen.«

»Ja.«

»Du hast ihn gegrüßt?«

»Ja.«

»Und er machte ein Gesicht, als nehme er dich überhaupt nicht wahr.«

»Ja«, sagte Hennicker verblüfft. »Aber du warst doch gar nicht dabei!«

»Das ist nicht schwer zu erraten, mein Lieber; ich bin ihm am nämlichen Sonntag auch begegnet, von Angesicht zu Angesicht, aber er sah durch mich hindurch und ging weiter. Er wirkte sehr zerstreut. Ich geh jetzt zu ihm, Hennicker; ich versteh mich aufs Ausfragen.«

2

Im grauen Halbdunkel des Zimmers erkannte ich Eli. Er lag bäuchlings auf dem Sofa, ohne Gehrock und Halbstiefel. Die Vorhänge waren herabgelassen, letztes Abendrot färbte schwach ihre dichten Falten.

»Bist du's, Köster?« fragte er. »Entschuldige, daß es hier so dunkel ist. Drück auf den Knopf.«

Im elektrischen Licht kam mir sein zartes Jünglingsgesicht kindlich-hart vor; er blickte mich durchdringend an, die Brauen gerunzelt, die Hände aufs Sofa gestützt, als wollte er aufstehen, hätte es sich aber anders überlegt. Ich trat näher.

»Eli!« sagte ich laut und bemüht munter, um die bedrückte Stimmung zu verscheuchen. »Ich habe mit Hennicker gesprochen. Er schäumt. Versetz dich in seine Lage. Er hat das Recht, eine Erklärung zu fordern. Und mich läßt das auch nicht gleichgültig, schließlich bist du mein Freund. Was ist passiert?«

»Nichts«, stieß er zwischen den Zähnen hervor, während seine Augen sich zu einem Lächeln zwangen. »Ich werde um Verzeihung bitten und Syntia einen Brief schreiben, der allen klarmacht, daß ich, sagen wir, ein Taugenichts bin. Dann werden sie mich in Ruhe lassen.«

»Natürlich«, sagte ich friedlich, »du hast einen Wechsel gefälscht oder eine alte Tante umgebracht. Das sieht dir ja ähnlich. Elion Star, nun mal im Ernst, warum hast du dieses wunderbare Mädchen gekränkt?«

Eli breitete hilflos die Arme aus und starrte zu Boden. Offensichtlich litt er sehr. Ich drängte ihn nicht, und wir schwiegen.

»Du wirst es weitererzählen«, sagte er argwöhnisch und sah mich prüfend an. »Und das will ich nicht, weil mir ohnehin keiner glaubt, Köster, ja, ich gebe mein bisheriges Leben auf, aber ich kann nicht anders. Wenn ich dir erzähle, worum es geht, mache ich alles kaputt. Ihr, das heißt du und Hennicker, würdet mich zu einem Arzt schicken und Syntia einreden, alles stehe zum besten.«

»Eli, ich geb dir mein Wort.«

Merkwürdig, aber meine lasche Zusicherung munterte ihn auf. Vielleicht suchte er selbst einen Anlaß, jemandem von der wundersamen und erhabenen Welt zu erzählen, die seinem Herzen so lieb geworden war.

Er schien sich aufzuheitern. Ja wirklich, sagten seine Augen. Doch zugleich zögerte er; offensichtlich war der Wunsch, die Rolle eines zum Erzählen Genötigten zu spielen, stärker als das eigene Bedürfnis nach Offenheit. So drang ich also weiter in ihn, bis er nachgab. Es erübrigt sich, hier all die gestammelten Satzfetzen anzuführen, die gewöhnlich der Erzählung eines erschütterten Menschen vorausgehen. Er streute sie reichlich aus, ehe er auf das Eigentliche zu sprechen kam. Hier nun seine Schilderung:

»Vor zwei Wochen wachte ich morgens auf und war in einer traurigen Gemüts- und Körperverfassung. An diesen Zustand war ich seit einiger Zeit gewöhnt, aber an jenem Morgen kam eine unverständliche, bange Erwartung hinzu. Außerdem fühlte ich eine tiefe, feierliche Weite, die sozusagen in mich eingedrungen war, ich weiß nicht woher, denn ich war in meinen vier Wänden.

Ich ging aus dem Haus und versenkte mich in die schweigende Betrachtung der sonnigen Straßen und der flanierenden Menge. An der ersten Kreuzung frappierte mich ein kleiner blühender Hügel, der mitten auf dem steinernen Trottoir aufragte. Höchst verwundert (denn es war das Stadtzentrum) betrachtete ich Steppenmargeriten, Gänseblümchen und niedriges grünes Gras. Da schritt ein Herr, der vor mir auf dem Trottoir ging, *durch den Hügel* hindurch, ja, er versank bis zum Gürtel und entschwebte, als wäre das keine Erde, sondern leichter Nachtnebel.

Ich blickte mich um, Köster, die Stadt nahm ein merkwürdiges Aussehen an; Häuser, Straßen, Aushängeschilder, Schornsteine – alles war wie aus durchsichtigem Mull, durch den eigenartige Landschaften zu sehen waren, deren Konturen sich mit den eckigen Stadtlinien vermischten; eine völlig neue, noch nie gesehene Gegend *war an derselben Stelle, wo die Stadt ist.* Hast du schon mal eine momentane Sehstörung erlebt, wo sich alles vor deinen Augen verdoppelt? Das könnte dir eine ungefähre Vorstellung von meinen Eindrücken vermitteln, mit dem Unterschied, daß die Gegenstände für mich gewissermaßen transparent wurden und ich zwei Welten, ineinanderfließend und einander durchdringend, gleichzeitig sah – unsere Stadt und eine hügelige blühende Steppe mit blauen Bergen am Horizont.

Ich wäre ein Idiot, wollte ich dir den Grad der Erschütterung begreiflich machen, die mein Denken völlig lähmte; ein bunter Farbenreigen flimmerte vor meinen Augen, der Himmel wurde fast dunkel, so intensiv war das Blau, während zugleich ein heller Lichtstrom die Erde umfing. Verstört eilte ich zurück. Ich ging auf dem Steinpflaster nach Hause und zugleich auf herrlich dichtem Gras von smaragdenem Glanz. Während ich die Stufen hinaufstieg, sah ich unten, im Zimmer des Concierge, die Fortsetzung desselben, völlig realen Bildes – wilde Büsche, ein Flüßchen, das die Straße durchschnitt.

Mit Anbruch des Abends begann die Duplizität zu verblassen; einige Zeit noch unterschied ich die Linie des geheimnisvollen Horizonts, aber auch sie erlosch, wie im Westen die Sonne, als das Dunkel der Nacht die Stadt erfaßte.

Als ich am nächsten Morgen erwachte, erblickte ich von neuem mit unfaßbarem wonnigem Entsetzen die zweite Welt der Erde. Kein Zweifel – dieselbe wundersame, phantastische Landschaft funkelte durch die Umrisse der Stadt; ich konnte sie studieren, ohne mich vom Bett zu erheben. Ein breiter Weg, in blauen Staub gehüllt, schlängelte sich durch die Steppe, führte zu den Bergen und verlor sich zwischen den majestätischen Giganten, die in lila Schatten getaucht waren. Unbekannte, halbnackte Menschen gingen in nicht abreißendem Zug auf diesem Weg; es war ein lebendiger Strom; Fuhrwerke knarrten, Kamele, mit rätselhafter Fracht beladen, stapften, die Köpfe wiegend, dem geheimnisvollen Amphitheater der Berge entgegen; dunkelhäutige Kinder, Frauen von fremdländischer Schönheit, Soldaten in sonderbarer Ausrüstung, mit goldenem Schmuck an den Ohren und auf der Brust, eilten vorwärts, überholten einander. Es war wie eine gewaltige Völkerwanderung. Das farbenfrohe Band der Menge, die Töne der Musikinstrumente, das Knarren der Räder, das Schreien der Kamele und Maultiere, die Gesprächsfetzen in einer unverständlichen Mundart – das alles wirkte auf mich wie das Sonnenlicht auf einen sehend gewordenen Blinden.

Diese Massen zogen durch die Stadt, durch die Häuser, und es war seltsam, zu sehen, Köster, wie die adrett gekleideten Städter, die Straßenbahnen und Equipagen diesen Strom kreuzten, mit ihm verschmolzen und sich wieder trennten, ohne daß einer am andern die geringste Spur einer Berührung zurückgelassen hätte. Da bemerkte ich, daß die Gesichter der dunkelhäutigen Menschen, der Männer und Frauen, hell und heiter waren wie ein Frühlingsfluß.

Wieder erlosch das Bild mit Einbruch der Dunkelheit, und ich ging die ganze Nacht, ohne mich auszukleiden, in den Zimmern auf und ab. Wohin gehen diese Menschen? fragte ich mich. Der Strom ist bis zum heutigen Tag nicht abgerissen. Köster, ich sehe tagein, tagaus, wie diese Menschen zielstrebig die riesige Steppe durchqueren. Zweifellos zieht es sie in ein Land hinter den Bergen. Ich werde mit ihnen gehen. Dazu bin ich fest entschlossen, denn ich beneide sie um die tiefe Zuversicht in ihren Gesichtern. Dort, wohin diese Menschen streben, muß es wunderbare Dinge geben, von denen wir nichts ahnen. Ich werde gehen, werde dem *Steppenweg* folgen.«

Er verstummte. Sein Gesicht sah ungewöhnlich aus in diesem Moment, ich glaubte damals wirklich, daß Eli etwas sah, was einem gewöhnlichen Menschen verschlossen bleibt. Er spielte mir nichts vor. Ich war tief angerührt von seiner Erregung. Zugleich fühlte ich das Bedürfnis, unverzüglich Hennicker aufzusuchen und mit ihm die Möglichkeiten einer guten Heilanstalt zu erörtern.

Als ich ging, ließ ich Eli in tiefer Versunkenheit zurück. Ich konnte ihm nichts sagen, und weitere Fragen hätten womöglich nur einen neuen Anfall von Exaltation hervorgerufen. Hennicker traf ich nicht an, er war, des Wartens müde, gegangen. Am nächsten Tag jedoch gaben Elis Verwandte folgende Annonce in der Zeitung auf:

»Gesucht wird ein junger Mann namens Elion Star, mittelgroß, blond, gute Manieren, kleine Hände und Füße, leise Stimme; er hat um elf Uhr vormittags mit leichtem Handgepäck das Haus verlassen. Wer Hinweise über Stars Aufenthaltsort geben kann, erhält eine gute Belohnung.«

In einem soliden Wirtshaus, vorwiegend von Kaufleuten besucht, saßen ältere Geschäftsleute, zwei gnädige Fräuleins mit ihrer Mama und ich. Der Wirt kam aus seinem Zimmer und sagte zu mir:

»Köster, erinnern Sie sich an den jungen Elion Star, dessen rätselhaftes Verschwinden vor zehn Jahren so viel Staub aufgewirbelt hat? Er war doch Ihr Freund.«

»Ja, natürlich«, erwiderte ich.

»Er ist gestorben. Seine Angehörigen erhielten dieser Tage die polizeilich bestätigte Mitteilung aus Rio de Janeiro. Die bei ihm gefundenen Dokumente verwiesen auf seinen Namen und Stand.«

Ich erhob mich.

»Ja… Der Ärmste«, fuhr der Wirt fort, »er ist in Lumpen gestorben, als eingefleischter Landstreicher, nach dem Foto zu urteilen, das der Polizeiarzt gemacht hat. In einer Garküche ist er gestorben. Sein Vater hat für viel Geld diesen Arzt herkommen lassen, um ihn nach dem Aussehen seines Sohnes zu befragen.

›Er lag ganz friedlich da‹, berichtete der Arzt, ›es sah aus, als schliefe er. Eins aber war in seinem Gesicht unverständlich – sein Lächeln. Er lächelte im Tod.‹ «

Ich neigte den Kopf, um so meinem jungen Freund die letzte Ehre zu erweisen. »Er lächelte.« Sollte er vor seinem Tod das Land hinter den Bergen gefunden haben?

1915

Der Mord im Fischladen

Eine wahre Begebenheit,
geschehen in der Stadt Surbagan, erlebt von
einem Freund des Autors,
dem Mathematiklehrer Pik-Mik.

Niedergeschrieben von A. S. Grin

Meine Mißhelligkeiten rührten von meiner Unmäßigkeit in allem, von einer unangemessenen Verausgabung der Kräfte des Organismus, der wie jeder andere stark beanspruchte Organismus nur eine kurze Leistungssteigerung dieser oder jener Art zu geben vermochte. Selbst ein Eber, der sich zu Hause im Dreck wälzt, ist imstande, das Gesetz der Reaktion zu empfinden, die Persönlichkeit eines modernen Neurasthenikers aber ist eine allzu zerbrechliche Harfe für langwierige stürmische Melodien. Um es mit einer dieser abgedroschenen Modewendungen, deren ich mich manchmal (sehr selten) bediene, zu sagen: ich war »lebensmüde«; dieses Wort ist nicht ganz aufrichtig, aber es erklärt, worum es geht. Ich war wie ein gefrorener Zander, wie eine geistige Ruine oder, was das gleiche ist, ein Akrobat mit gebrochenen Beinen. Die Wünsche hingegen erloschen nicht und waren (kraft der Untätigkeit) recht vielfältig.

Den Frühling des vergangenen Jahres verbrachte ich in Surbagan. Diese ungemein lebendige südliche Stadt regte meinen Appetit etwas an und verbesserte die Atmung, aber die tückische Apathie war offensichtlich zu einem ständigen Grundzug meines Geistes geworden, und ich fand nicht mal die Kraft, eine Beendigung dieses Zustands zu erhoffen. Mein ganzes Wesen war ausgefüllt von trister Träumerei und inhaltsloser Grübelei. Ich konnte stundenlang irgendwelchen Nichtigkeiten zuhören, ohne ein Wort zu verlieren, oder am Fenster sitzen und aufs Meer blicken, gähnend wie ein Müller an einem windstillen Tag.

Meine Zimmerwirtin, eine rundliche und kregle alte Frau, deren schneeweiße Schürze nicht den kleinsten Fleck aufwies, erzählte mir endlos von ihrem Mann, einem Saufbold, den sie vor die Tür gesetzt hatte, oder von den Familienangelegenheiten der Nachbarn, in denen sie extreme Eigenschaften entdeckte: entweder engelhafte Güte oder satanische Bosheit. Derweil ich dem Geschwätz dieser halb greisenhaften und halb damenhaften Frau zuhörte, kam ich zuweilen ihrer Bitte nach, ihr beim Wollewickeln zu helfen, indem ich die Wolle auf gespreizten Fingern auseinanderzog. Schließlich hatte ich mich an diese stupide Beschäftigung gewöhnt, meinem untätigen Geist behagte das Fließen des endlosen, den Knäuel umlaufenden Fadens, ich brauchte über nichts nachzudenken, mich um nichts zu beunruhigen.

An einem heißen Mittag döste ich am Fenster über einem Buch, als sich durch den Türspalt das graue Haupt meiner ehrbaren Wirtin schob.

»Ach, Herr Pik-Mik!« sagte sie und schüttelte den Kopf. »Sie langweilen sich, wie ich sehe. Wären Sie wohl so liebenswürdig, mir bei dieser blauen Wolle zu helfen?«

»Nichts, was ich lieber täte«, sagte ich scherzhaft,

»kommen Sie nur herein.« Ich straffte mich wie ein Kampfpferd.

Die nützliche Beschäftigung begann. Aber wir hatten noch nicht einmal zehn Sashen Wolle gewickelt, als es an der Flurtür klingelte; die Wirtin stand auf.

»Jetzt bringen sie die Kohlen!« rief sie im Ton eines Heerführers, der die Reserven in die Schlacht wirft. »Ich kratz diesem Taugenichts die Augen aus. Heute morgen hab ich ohne Kohlen dagesessen, stellen Sie sich vor, Herr Pik-Mik!«

Sie entfernte sich, um, nach ihren bildhaften Worten, dem Kohlenträger die Augen auszukratzen. Ich legte die Wolle auf das Fensterbrett und steckte mir eine Zigarette an. Ich weiß noch, ich sann über die Worte nach, die ich gerade erst in einem Buch von Labazeil über den Farnesischen Herakles gelesen hatte, und was dann folgte, hatte keinerlei Beziehung zu meinem momentanen Geisteszustand.

Ich hörte auf dem steinernen Trottoir unterm Fenster hastige Schritte von etlichen Leuten, die aus der Nebengasse in unsere Straße eingebogen waren. Ich sah sie nicht, sie gingen rasch und unterhielten sich laut. Ihre Stimmen klangen besorgt und aufgeregt. Jemand sagte: »Was für ein Unglück, Kriss, daß Ihr Vater einen so schrecklichen Tod gefunden hat.« – »Wenn ich den Mörder zu fassen kriege!« schrie, wie ich annahm, der Sohn des Ermordeten. »Dann mach ich Knochenmehl aus ihm!« – »Was mußte er auch«, fiel ein dritter ein, »in der öden Gegend einen Laden mieten!« – »Wer konnte das ahnen«, widersprach der zweite, »in der Schwarzberg- Ecke Kirschgartenstraße lief das Geschäft immer gut. Fisch ist dort sehr gefragt.« – »Rhabarber, Rhabarber...« Die Stimmen verschmolzen zu unverständlichem Gemurmel und entfernten sich. Auf der Straße wurde es still.

Die hastigen Schritte, das aufgeregte Gespräch, aus dem klar hervorging, daß in der Schwarzberg- Ecke Kirschgartenstraße kürzlich, genauer gesagt, eben erst, ein Mord passiert war, entzündete aufs heftigste meine Neugier, die in der letzten Zeit nur von unerwarteten, starken Impulsen entflammt wurde. Der Inhalt des Gesprächs verwies eindeutig auf das Opfer. Der Inhaber eines Fischladens war ermordet worden, ein gewisser Kriss, und nun, so mußte man annehmen, eilte der Sohn, von der Polizei über den traurigen Vorfall informiert, mit seinen Kameraden zum Ort des Verbrechens. Ich verspürte mit Genuß den unwiderstehlichen Wunsch, die Leiche des Fischhändlers zu begaffen, die Atmosphäre öffentlicher Erregung einzuatmen, mich durch die Menge der Zuschauer zu drängeln, ah und oh zu rufen.

Um dieses für mich so seltene Interesse am menschlichen Leben nicht erlöschen zu lassen, setzte ich geschwind den Hut auf, nahm den Stock mit dem Silberknauf in Form einer *Faust* und ging rasch auf die Straße, vorbei an meiner echauffierten Wirtin, die jammernd und zeternd in ihrer Geldbörse kramte. Offensichtlich hatte der Kohlenhändler die Ware geliefert und wartete nun auf die Bezahlung. Weder er noch sie schienen meinen Weggang zu bemerken.

Schwarzberg- Ecke Kirschgartenstraße, das war tatsächlich ein ausgesucht trostloser Platz, zwischen Ödflächen am äußersten Ende des Hafens gelegen, bewohnt von Invaliden, versoffenen Matrosen, Hafenarbeitern und Kleingärtnern. Der Name Kirschgarten war der reinste Hohn: die krumme Straße wies nur massenhaft Unkraut und halbzerstörte Zäune auf. Nicht besser sah die Schwarzbergstraße aus, die in der trübseligen Landschaft einer Müllhalde endete. Aufgrund der weiten Entfernung war ich versucht, eine Droschke zu mieten, unterließ es dann aber. Ich ging und ging und ging und erreichte endlich die Ecke, wo an einem ebenerdigen Haus ein regengeschwärztes Schild mit grünen Buchstaben verkündete, daß hier die »Fischhandlung Kriss« sei.

Die Ladentür war weit offen, längs der Türflügel standen in tadelloser Ordnung Austernkörbe. Auf der Straße war kein Mensch. Maßlose Enttäuschung erfaßte mich, als ich, näher tretend, mitten im Laden auf einem Hocker seelenruhig den Inhaber sitzen sah. In einer Hand hielt er eine Schüssel mit gekochtem Fisch, mit der freien Hand griff er Fischbrocken heraus, stopfte sie genüßlich in den Mund und schluckte sie genüßlich, ab und zu die Fliegen verscheuchend, die in Schwärmen über der Schüssel summten.

In der Annahme, das von mir belauschte Gespräch sei lediglich eine interessante Hörhalluzination gewesen, ging ich in den Laden, um die Situation endgültig aufzuklären. Der Händler erhob sich und sah mich abwartend an. Zwischen uns entspann sich folgender Dialog:

Ich: Guten Tag!

Er: Meine Verehrung, der Herr!

Ich: Ist dies die Fischhandlung Kriss?

Er: Dieselbe.

Ich: Dann sind Sie Kriss?

Er (hoheitsvoll): Ich bin Kriss.

Hier widerfuhr mir einer jener Anfälle von Zerstreutheit, die mich schon so manches Mal in mißliche Situationen gebracht hatten. Mich überwältigte das Fluidum des Fischladens, eine gewisse Anschaulichkeit mir bislang gleichgültiger Eindrücke. In tiefes Nachsinnen versunken, betrachtete ich die riesigen Tische, auf denen sich Fischleiber türmten. Da waren Steinbutt, Forelle, Neunauge, Aal, Flunder, Karpfen, Rotbarsch und viele Arten, deren Namen ich nicht kannte. Die Schwänze hingen von Tischen herab, die rosafarbenen, weißen und gesprenkelten Bäuche mündeten in aufgespreizten Kiemenspalten, die Rücken schillerten in dunkelgrünem Gold, purpurnem Silber, graublauem Stahl und rotem Kupfer. Die Sonne prasselte auf die Berge der mit Flossen befiederten Fischrücken und badete die Schuppen in löwenzahngelbem Licht. Hinter den Köpfen der dunkelsten und riesigsten Fische drang durch einen Spalt in der Wand das blasse reflektierte Licht des Hofes, und ein erstarrtes, herausgequollenes Auge blinkte in diesem Licht, als erinnerte es sich an das längst erloschene Licht der Unterwasserwelt.

Bezaubert von dem Laden, empfand ich Neid auf Kriss. Ich wollte schrecklich gern (gut, daß ich wenigstens die Fähigkeit erlangt hatte, solche Nichtigkeiten zu wünschen) Kriss sein, der Besitzer der Fischhandlung, wollte wie er mit den Fingern aus einer Tonschüssel essen, mit einem blitzenden breiten Messer elastische Fischschwänze abhacken, die Hände mit Schuppen beschmaddern und diese bizarre, von Meeresgerüchen erfüllte Atmosphäre atmen.

»Was für Fisch wollen Sie und wieviel?« fragte Kriss ungehalten.

Ich kam zu mir. Mein umherirrender Blick hatte offenbar den Argwohn des Händlers geweckt. Jeder Fischladenbesitzer hat das Recht, zu erfahren, warum ihn ein Mensch aufsucht, der nichts sagt, sondern nur stumpfsinnig und ausgiebig die Ware betrachtet. Vielleicht vermutete Kriss in mir einen Bettler oder einen verkleideten Hygienebeamten oder einen Dieb.

»Kriss«, sagte ich weit ausholend, »hatten Sie irgendwann einmal starke Anwandlungen, solche, verstehen Sie, ganz starken ...«

»Was wollen Sie denn nun?« schnauzte er und strich die Schürze glatt. Er senkte den großen dicklippigen Kopf wie eine Ziege, bevor sie mit den Hörnern zustößt. Dann reckte er die Brust heraus und trat nahe an mich heran. »Verschwinden Sie, Sie Held, schlafen Sie Ihren Rausch aus!«

Ich wußte sehr wohl, daß Kriss als Händler gar nicht anders sprechen konnte, doch zugleich verdroß es mich, daß aus diesem primitiven Menschen kein *anderer* Kriss herauszulocken war, einer, der meine letztendlich doch recht lobenswerte Begeisterung für eine der Natur so eng verbundene Beschäftigung verstanden und gewürdigt hätte. Schon halb im Gehen setzte ich an, ihm in möglichst allgemeinverständlichen Worten zu erklären, daß sein Laden und die Ware mir sehr gefallen hätten, als er mir plötzlich, ohne mich ausreden zu lassen, vielleicht weil er meine Rede als Hohn auffaßte, eine heftige Ohrfeige versetzte.

Ich bin ein friedlicher Mensch, aber in Anbetracht der Umstände – meine Enttäuschung angesichts des lebendigen Kriss, die fatale Situation und der starke Schmerz vom meisterlich geführten Schlag – hielt ich es für notwendig, mit gleicher Münze zu antworten. Ich holte mit dem Stock aus, Kriss stürzte sich auf mich, und der wuchtige Metallknauf meines Stockes traf hart seinen linken Schläfenknochen. Kriss blieb mit plötzlich erstarrtem Blick ein paar Sekunden stehen, schluchzte auf und krachte zu Boden, wobei er mit dem Hinterkopf gegen ein Tischbein schlug.

Ohne zu wissen, ob Kriss lebendig oder tot oder, wie es so schön heißt, halbtot war, warf ich einen raschen Blick auf die Straße, da ich Augenzeugen fürchtete. Nur in der Ferne strich eine einsame Figur umher, aber auch sie kam nicht auf den Laden zu. Natürlich war ich stark erregt und erbittert, und der böse Rausch der Prügelei ließ mich noch keinen Schreck über das Vorgefallene empfinden. Trotzdem entfernte ich mich so rasch wie möglich und gelangte durch Seitengassen ins Zentrum. Unterwegs kam mir der Gedanke, daß *jetzt* das Gespräch, das ich vor einer Stunde unter meinem Fenster gehört oder zu hören geglaubt hatte, daß dieses Gespräch *jetzt* nicht mehr als Halluzination gelten konnte. Warum hatte ich ausgerechnet *solch* ein Gespräch gehört, als Kriss noch kerngesund und unwiderlegbar lebendig war? Wenn er aber nicht bewußtlos, sondern tot ist, was dann, welcher Kategorie des Übernatürlichen ordne ich meine Gehörhalluzination zu? »Darüber denken wir noch nach«, sagte ich, erschrak nun doch über das Ungewöhnliche des Vorgefallenen und ruderte wütend mit dem Stock durch die Luft. Da sah ich, daß dem Stock der Knauf fehlte; er war offensichtlich im Moment des Schlages abgefallen. Seltsam, daß dieser Umstand, der als Indiz dienen konnte, mich eher erfreute als ängstigte; die weiße Bruchstelle des Stockes war wie eine Botschaft aus der Welt der Realität, ein Beweis, daß ich nicht schlief und nicht phantasierte. Dennoch schleuderte ich ihn über einen niedrigen Zaun, hinter dem ein Garten rauschte, und eilte beklommenen Herzens nach Hause.

Als ich meiner Wirtin die Wolle aufwickeln half, hatte mein Stuhl am Fenster gestanden, wo er auch bei meiner Rückkehr noch stand. Obwohl ich sehr erschöpft war, widerstrebte es mir, mich auf *diesen* Stuhl zu setzen: ich fürchtete ihn. Mich dünkte, am Fenster müsse sich etwas ereignen, was noch bedrückender und unverständlicher war als das bereits Geschehene. Wie ich so mitten im Zimmer stand, in einem Zustand totaler Schwäche und merkwürdiger Entrücktheit von allem auf der Welt, als sähe ich diese Welt durch eine geheime Ritze, kam meine Wirtin herein. Die restliche Wolldocke hing über ihrem Arm. Auf ihre Fragen, wo ich gewesen sei, murmelte ich wohl etwas von der Apotheke, einem vergessenen Rezept, und da ich ihren dringlichen Wunsch sah, Wolle zu wickeln, setzte ich mich, meinen Widerwillen niederkämpfend, auf den Stuhl am Fenster. Mich verlangte nach simpler, mechanischer Betätigung, die den unheimlichen Ansturm der Gefühle zu zerstreuen vermochte. Ich nahm die Wolle und ließ die Wirtin den Faden abwickeln.

Und da, wieder in der völligen Stille der zeitweilig verstummten Straße, hörte ich voller Entsetzen und Grauen vor dem Unfaßlichen dumpfe hastige Schritte etlicher Menschen, die im Gehen genau das sagten, was ich bereits gehört hatte, und mit derselben Intonation, als werde eine Schallplatte zum zweitenmal abgespielt:

»Was für ein Unglück, daß Ihr Vater einen so schrecklichen Tod gefunden hat!« – »Wenn ich den Mörder zu fassen kriege! Dann mach ich Knochenmehl aus ihm!« – »Was mußte er auch in der öden Gegend einen Laden mieten.« – »Wer konnte das ahnen; in der Schwarzberg-Ecke Kirschgartenstraße lief das Geschäft immer gut. Fisch ist dort sehr gefragt.« Die Stimmen verschmolzen wie beim erstenmal zu einem unverständlichen Gesumm, und die Schritte verhallten hinter der Ecke.

»Haben Sie was gehört?« schrie ich und packte meine Wirtin am Arm.

Meine Miene und wohl auch Blässe erschreckten die Frau.

»Da wurde jemand umgebracht, glaub ich«, sagte sie unschlüssig, »irgend so was haben sie draußen unterm Fenster erzählt; Sie wissen ja, in unsrer Stadt geht es nicht gerade ruhig zu, auf Schritt und Tritt muß man jetzt... Was haben Sie, oje, was ist Ihnen?« rief sie plötzlich. »Fühlen Sie sich nicht wohl?« Aber ihre Worte erreichten mich erst nach einigen Minuten, als ich aus schwindelnder Benommenheit, nahe einer Ohnmacht, zu mir kam.

Die Abendzeitung brachte mir wenig Neues. Hier der Text der Mitteilung: »Gegen drei Uhr nachmittags wurde in der Schwarzberg-Ecke Kirschgartenstraße der Fischhändler Kriss in seinem Laden getötet. Die Motive des Verbrechens sind unbekannt. Geld und Ware wurden nicht entwendet. Der tödliche Schlag gegen die Schläfe erfolgte offensichtlich mit dem Stahlknauf eines Stocks; dieser Knauf – in Form einer geballten *Faust* – wurde sichergestellt, man nimmt an, daß er im Moment des Schlags abgebrochen ist. Der massive Stahlgegenstand wiegt etwa dreiviertel Pfund. Die Ermittlungen laufen.

Apropos … Wie uns mitgeteilt wurde, erlitt der einzige Sohn des Fischhändlers, Student an der hiesigen Universität, als er vom Tod des Vaters erfuhr, eine schwere Nervenkrise, die durch ein interessantes psychisches Phänomen kompliziert wurde. Er erzählte nämlich dem ihn behandelnden Arzt Dr. Paulson (Prozessionsplatz Nr. 5): Als er mit seinen Kameraden dem Ort des traurigen Geschehens zustrebte, habe er sich nicht von der Überzeugung (dem Eindruck) frei machen können, daß er vor Zeiten schon einmal in derselben seelischen Verfassung und mit demselben traurigen Ziel durch dieselben Straßen gegangen sei. Diese recht häufige und von jedem schon irgendwann erlebte Erscheinung hat Dr. Paulson in seinem Buch ›Reflexe des Bewußtseins‹ ausführlich analysiert.«

Ich bemühte mich, so gut ich konnte, die Geschichte zu vergessen. Paulson hatte seinen Namen an den Mord zu heften gewußt. Das nenne ich Reklame. Wie angenehm, in unserem verworrenen, geheimnisvollen Dasein einen Herrn zu sehen, der aus allem Geld zu ziehen weiß.

1915

Die geheimnisvolle Schallplatte

1

Die Lippen fest aufeinandergepreßt, saß Bevener mit vorgebeugtem Oberkörper in seinem Sessel, die Arme auf die Lehnen gestützt, und beobachtete mit unbewegter Miene die Agonie des vergifteten Gonased.

Es waren keine fünf Minuten vergangen, seit Gonased den tödlichen Wein getrunken hatte, ihm eingeschenkt von seinem vergnügten Freund. Nichts in Beveners Gebaren hatte auf seine schwarzen Absichten gedeutet. Wie immer hatte er unentwegt gekichert, hatten seine flinken Augen tausendmal den Ausdruck gewechselt, aber wenn man einen Menschen ständig so sieht, dann läßt diese nervöse Unstetigkeit keinen Verdacht aufkommen, und ginge es selbst um den Untergang der Welt.

Bevener hatte Gonased getötet, weil dieser der unglückliche Geliebte der Sängerin Lassource war. Die Banalität des Motivs hinderte Bevener nicht, einige Originalität bei der Ausführung des Verbrechens zu beweisen. Er hatte das Opfer in ein Hotelzimmer gebeten, um mit ihm zu beraten, wie sie einen Mord verhindern könnten, die Ermordung eines Menschen, den sie beide kannten, geplant von einem Menschen, den sie beide genausogut kannten.

Gonased verlangte die Namen zu wissen.

2

»Diese Namen sind sehr gefährlich«, sagte Bevener. »Es ist gefährlich, sie zu nennen. Du weißt, daß hier im Theater die Kulissen Ohren haben. Komm heute abend ins Hotel ›Rotes Auge‹, Zimmer zwölf. Ich werde dasein.«

Gonased war ein korpulenter, neugieriger, vertrauensseliger und romantischer Mensch. Im Hotelzimmer traf er Bevener in blendender Stimmung an, Wein trinkend, laut kichernd, in der Hand Papier und Bleistift.

»Erzähl schon«, sagte Gonased, »wer beabsichtigt wen umzubringen?«

»Hör zu!« Sie tranken ein Glas, ein zweites und drittes; Bevener ließ sich Zeit. »Also Folgendes«, brachte er schließlich überzeugend vor, »heute wird ›Othello‹ gespielt, Maria Lassource singt die Desdemona und der junge Bardio den Othello. Du bist blind, Gonased. Wir alle, das ganze Theater weiß, daß Bardio besinnungslos in Maria verliebt ist. Aber sie hat seine Werbungen zurückgewiesen. Heute im letzten Akt wird Bardio Maria auf der Bühne töten, verstehst du, richtig töten!«

»Und das sagst du erst jetzt!« brüllte Gonased und sprang auf. »Wir müssen hin! Schnell! Schnell!«

»Im Gegenteil«, widersprach Bevener und trat seinem

Freund in den Weg, »das ist sinnlos. Welche Beweise hast du für Bardios Absichten? Du wirst hinter den Kulissen herumtoben, die Vorstellung schmeißen und Bardio grundlos beschuldigen. Zu guter Letzt kommst du wegen Beleidigung und Verleumdung vor Gericht!«

3

»Du hast recht«, sagte Gonased und setzte sich wieder. »Aber woher weißt du das? Und was sollen wir tun? Uns bleibt nur noch eine reichliche Stunde, bald fängt der letzte Akt an, der letzte!«

»Woher ich das weiß, bleibt vorerst mein Geheimnis«, sagte Bevener. »Aber ich weiß, was zu tun ist. Wir müssen es so einrichten, daß die Lassource das Theater verläßt, ohne die Partie zu Ende zu singen. Schick ihr eine Nachricht. Schreib, daß du dir das Leben nimmst.«

»Was?« staunte Gonased. »Aus was für Gründen?«

»Du hast keine Gründe, ich weiß. Du bist fröhlich, gesund, berühmt und wirst geliebt. Aber wie sollen wir Maria sonst herbekommen? Überleg selber! Jeden Brief von einem andern, sogar die Mitteilung über deinen Tod, würde sie für eine Falle halten, um ihr eine hohe Konventionalstrafe aufzubrummen. Dafür hat es Beispiele gegeben. Aber was, außer dem Tod eines nahen Menschen, kann einen Schauspieler dazu bringen, auf den heißgeliebten Applaus, Blumen und Lächeln zu verzichten? Du selbst mußt sie mit eigener Hand zu deiner fiktiven Leiche rufen.«

»Aber dann erzählst du mir von Bardio?«

»Noch in dieser Nacht. Hier hast du Papier und Bleistift.«

»Sie wird zu Tode erschrecken!« murmelte Gonased, während er schrieb. »Sie ist so zartfühlend.«

Er schrieb: »Maria. Ich habe Hand an mich gelegt. Gonased. Victoria-Straße, Hotel Rotes Auge.«

4

Bevener läutete und gab das versiegelte Schreiben dem Hoteldiener mit den Worten: »Stellen Sie das unverzüglich zu!« Gonased hatte sich unterdessen aufgeheitert und sagte lächelnd:

»Sie wird mich verfluchen!«

»Sie wird vor Freude weinen«, entgegnete Bevener, indes er Gift ins Glas des Freundes schüttete. »Trinken wir auf unsere Freundschaft! Auf daß sie von langer Dauer sei!«

»Nun mußt du mir aber von dem Lumpen Bardio erzählen! Bevener, ich hab schon ausgetrunken, aber du läßt dir Zeit... Mir ist ganz schwindlig vor Aufregung... du, mir wird so übel... Ach!«

Er riß sich krampfhaft den Hemdkragen auf, erhob sich und stürzte zu Füßen seines Mörders nieder, knüllte mit fahrigen Fingern den Teppich. Sein Körper zitterte, sein Hals füllte sich mit Blut.

Endlich lag er still, und Bevener stand auf.

»Du hast ihn umgebracht, rothaarige Lassource!« sagte er, seiner Sinne nicht mehr mächtig. »Meine Liebe zu dir ist genauso stark wie die des Toten. Du wolltest mich nicht. Darum ist Gonased gestorben. Aber ich habe jeden Verdacht von mir abgelenkt.«

Er läutete, schickte den erschrockenen Diener nach dem Arzt und repetierte die Szene der Fassungslosigkeit und Verzweiflung, die er dem Arzt und der erschütterten Lassource vorspielen mußte.

5

Die Rechtsprechung hatte in diesem Fall das Nachsehen. Gonaseds authentischer Abschiedsbrief an seine Geliebte war unanfechtbar. Bevener weinte. »Ach!« sagte er. »Mit ungutem Gefühl bin ich in dieses Hotel gekommen. Er hatte mich hergebeten, ohne mir einen Grund zu nennen. Ich war sein Freund... Wir haben ein wenig getrunken; Gonased war nachdenklich. Plötzlich bat er mich um Papier und Bleistift, schrieb etwas und ließ die Nachricht der Lassource überbringen. Dann sagte er, er wolle ein Pulver gegen Kopfschmerzen nehmen; er schüttete es in sein Glas, trank aus und stürzte tot zu Boden.«

Selbst die scharfsinnigsten Leute hoben ratlos die Arme und konnten sich nicht erklären, warum der lebenslustige, glückliche Gonased Selbstmord begangen hatte. Die Lassource fuhr, nachdem sie sich ausgeweint hatte, nach Australien. Ein Jahr später war der traurige Tod vergessen.

Im Januar erhielt Bevener von der Plattenfirma Loudin das Angebot, einige Grammophonplatten zu besingen. Er willigte ein und sang für eine enorme Summe etliche Arien. Unter anderem Mephisto: »Alle Menschen dieser Erde«, dabei mußte er an Gonased denken. Es war seine Lieblingsarie gewesen. Deutlich sah Bevener den Toten vor sich – geschminkt, die Hand schwenkend, singend, und eine eigenartige Erregung erfaßte ihn. Scheußliche Schwäche lähmte seinen Körper, die Stimme aber tönte unvermindert stark und beseelt. Als er geendet hatte, trank er gierig zwei Glas Wasser, verabschiedete sich eilig und reiste ab.

6

Einen Monat später empfing Bevener in seiner Wohnung Gäste. Schauspieler, Schauspielerinnen, Musikkritiker, Maler und Dichter feierten Beveners zehnjähriges Bühnenjubiläum. Der Hausherr war wie immer von nervöser Lachlust, agil und wendig. Zwischen Blumen leuchteten die Gesichter schöner Damen. Festliche Lichter gleißten. Das Abendessen näherte sich dem Ende, als ein Diener das Speisezimmer betrat und meldete, er komme von Loudin.

»Genau zur rechten Zeit«, sagte Bevener, warf die Serviette hin und stand vom Tisch auf. »Man hat die Schallplatten gebracht, die ich für Loudin besungen habe. Ich bitte meine lieben Gäste, sie anzuhören und zu sagen, ob die Aufnahmen gelungen sind.«

Außer den Schallplatten hatte Loudin ein wunderbares neues Grammophon geschickt, ein Geschenk für den Künstler, und einen Brief, in dem er mitteilte, daß er krankheitshalber der Festlichkeit fernbleiben müsse. Der Diener stellte den Apparat auf, setzte die Nadel ein, und Bevener wählte von den Platten die Arie des Mephisto. Er legte sie auf den Teller, setzte die Membrane am Rand auf, wandte sich zu den Gästen um und sagte:

»Ich bin mir dieser Aufnahme nicht ganz sicher, denn ich war etwas aufgeregt beim Singen. Aber hören wir.«

7

Stille trat ein. Erst war nur das kaum wahrnehmbare, weiche Schnurren von Stahl auf Kautschuk zu hören, dann erklangen rasche Klavierakkorde ... und ein ebenso kräftiger wie geschmeidiger Bariton sang die bekannte Arie. Aber *das* war nicht Beveners Stimme... Die Anwesenden vernahmen die ihnen wohlbekannte, in jeder Nuance unverwechselbare Stimme des verstorbenen Gonased, und alle Blicke richteten sich verblüfft auf den Jubilar. Erschreckende Blässe überzog sein Gesicht. Er lachte auf, aber sein Lachen klang unerträglich schrill und unecht, und die Gäste zuckten zusammen, als sie die Augen des Hausherrn sahen. Alles rief durcheinander:

»Ein Versehen!«

»Gonased hat keine Plattenaufnahmen gemacht!«

»Loudin hat was durcheinandergebracht!«

»Hören Sie?« sagte Bevener, dessen Kräfte in dem Maße schwanden, wie die Stimme des Getöteten seinen Willen beugte. »Hören Sie? Er ist es, der singt, er, den ich getötet habe! Für mich gibt es keine Rettung, er ist hier erschienen... Haltet die Platte an!«

Der Souffleur Eris, weiß wie Milch, stürzte zum Grammophon. Seine Hände zitterten; er hob die Membrane und nahm die Platte herunter, ließ sie aber in Hast und Angst aufs Parkett fallen. Ein trockenes Knacken – und die schwarze Scheibe zerbarst in winzige Stücke.

»Wir waren Zeugen einer unglaublichen Begebenheit!« sagte der Geiger Indigan, hob einen Splitter auf und steckte ihn ein. »Aber was es auch gewesen sein mag – Sinnestäuschung oder die Erscheinung eines unentdeckten Gesetzes –, ich werde diese Scherbe zur Erinnerung behalten; ihre Farbe soll mich immer an die Seelenfarbe unseres lieben Hausherrn erinnern, den die Polizei jetzt in Gewahrsam nehmen wird!« *1916*

Die Kraft des Unfassbaren

Die einen träumten in dieser Nacht von den Herrlichkeiten des Orients, die Kolumbus ihnen ausgemalt hatte, die andern aber wähnten sich von Dämonen in fremde Meere gelockt, wo sie auf ewig herumzuirren verdammt wären, als Strafe für ihre Sünden.

J. F. Cooper, »Mercedes of Castile«

1

Unter den Menschen mit ausgeprägter geistiger Sensibilität nahm Grazian Duplet den friedlosen Platz ein, auf dem die Kraft der Lebenserregungen in Wahnsinn umschlagen kann. Äußerst kritisch war sein Zustand in Momenten, wenn er, sich frei dem Andrang der Eindrücke überlassend, plötzlich erschauerte im lockend grauslichen Vorgefühl einer jähen Erleuchtung, die ihm den Sinn allen Seins erschließen würde. Natürlich wehrte der menschliche Verstand instinktiv die Sintflut ab, und der nervliche Aufruhr wich völliger Schwäche; andernfalls hätte etwas Grundsätzliches, das stärker war als das Bewußtsein und sich womöglich auf eine allumfassende Synthese gründete, unweigerlich den Verstand vernichtet, gleich einer Dorfmühle, die vom Niagarafall gespeist wird.

Der Grundton in Duplets Leben war das unablässige Gefühl musikalischer Bezauberung. Diese Eigenart der Seele läßt sich vorzüglich am Beispiel des Kinematographen erklären, dessen Bilder bekanntlich von Musik begleitet werden. Die stumme Handlung gewinnt, von den Klängen entsprechender Melodien gefärbt, poetisches Kolorit. Die moralische Perspektive geht verloren: Heldentat und Ausschweifung, Segen und Missetat erzeugen zwar unterschiedliche visuelle Eindrücke, ergeben in der Summe aber bloß ein unterhaltsames Schauspiel – Gefühle werden erregt, aber nur ästhetisch. Zwischen Handlung und Orchester breitet sich der unsichtbare Schatten der Elegie, und in diesem Schatten verlieren die Fakten ihre Konturen und werden – wiederholen wir das – zu einem unterhaltsamen Schauspiel. Die Ursache ist die musikalische Bezauberung; die Folge ist ein Spiel angerührter Gefühle, die durch den Schatten der Elegie hindurch zur Freude an verfeinerter Betrachtung führen.

Genau diese Beziehung zur Wirklichkeit – die einer musikalischen Überhöhung – war der unwandelbare Grundton in Duplets Leben. Es war, als begleite ihn stets ein unsichtbares Orchester und variiere endlos eine Grundmelodie, deren Klänge, dem physischen Gehör unzugänglich, die Vollendung an musikalischer Schönheit zu sein schienen. Infolge dieser komplizierten Form der Wahrnehmung sah Duplet sich selbst in allem, was er tat und dachte, als handelnde Person eines Stückes ohne Titel und ohne Ende, als Beobachtungsobjekt. Sogar die ärgsten Seelenqualen teilten sich ihm auf dem Weg des indirekten Eindrucks mit. Er selbst – Publikum und Held des Stückes – war versunken in intensiver Betrachtung, die von bewegter Musik untermalt wurde.

Zugleich hatte er in unruhigen und merkwürdigen Träumen, die das Leben mit der fast greifbaren Welt lebendiger Traumgesichte verflochten, mehrmals eine Musik gehört, bei deren ersten Takten er in einem Zustand unglaublicher Euphorie erwachte. Diese Musik war eine Offenbarung an Harmonie, wie es sie noch nie gegeben hatte. Ihre Schönheit erschütterte durch die übernatürliche Kraft ihrer Zusammenklänge, die geeignet schienen, die Hölle in den Himmel zu verwandeln. In der mit dem Bewußtsein nicht zu erfassenden Vollkommenheit dieser göttlich jubilierenden Musik verkörperten sich, wie Duplet mit seinem ganzen Wesen fühlte, die Schatten der großen Bezauberung, in der er durchs Leben ging und die vermutlich das Echo des funkelnden Urquells war.

Aber Duplets Gedächtnis weigerte sich, nach dem Erwachen das Gehörte zu rekonstruieren. Vergeblich griff er, noch ganz im Banne der aufwühlenden Eindrücke, zu Papier und Bleistift, um in trügerischem Entzücken den Schatz in Besitz zu nehmen; die Klänge indessen entfernten sich und verblaßten, flackerten noch ein paarmal qualvoll beglückend auf und verstummten, und die Stille der Nacht schluckte eifersüchtig ihr Echo – die musikalische Bezauberung.

Grazian Duplet war Geiger.

2

Roumiers Studien auf dem Gebiet der Farbphotographie und der Hypnose, zwei so unterschiedlichen Forschungsgebieten, hatten zu beachtlichen Erfolgen geführt und dem beharrlichen Gelehrten einen zahlreichen und unaufhaltsam anwachsenden Kreis von Verehrern gebracht. Darum war die Türklingel für ihn zu einer Geißel geworden, und als er sie an dem Tag, von dem hier die Rede ist, zum zwanzigstenmal schrillen hörte, wies er in seiner Bedrängnis den Diener an, den Besucher, falls dieser keine sonderliche Dringlichkeit erkennen lasse, darauf hinzuweisen, daß die Sprechstunde in fünf Minuten beendet sei.

Der Diener kam jedoch mit der Nachricht zurück, der Besucher, ein kränklich aussehender Mann, bestehe mit gereizter Hartnäckigkeit auf einer Unterredung. Roumier legte ein blasses Photo blühender Morgenwolken beiseite und trat zum Schreibtisch, wo er die Besucher zu empfangen pflegte. Er ließ den Unbekannten hereinbitten und erblickte einen Menschen von vulgärem Äußeren, den Typ eines Marktgauners, der auf modische Kleidung und Reinlichkeit nicht sehr zu halten schien; er war klein, aber so entsetzlich dünn, daß er auf hohe Absätze verzichten konnte. Dumpfes Leiden schimmerte in seinen tiefliegenden Augen; er hatte eine hohe Stirn, aber sie war von schwarzen Haarsträhnen verdeckt, die lange keinen Kamm gesehen hatten; die Nervosität des Intellektuellen mischte sich in seinem Gesicht mit den vergröberten Zügen eines Menschen, der eine harte Lebensschule hinter sich hat; er mochte Anfang dreißig sein.

»Ich bin Musiker«, sagte er nach den üblichen Begrüßungsworten, »und ich bitte Sie inständig, mir Ihre Hilfe nicht zu versagen. Ein Fall, wie Sie ihn in meiner Person sehen, dürfte selbst in Ihrer Praxis nicht seinesgleichen haben. Ich heiße Grazian Duplet.

Vor ungefähr einem Jahr hörte ich im Traum – die geträumten Empfindungen und Details haben für mich dank ihrer wie gestochenen Schärfe eine fast reale Bedeutung –, hörte ich also im Traum ein Motiv, eine unbeschreibliche Melodie, die mich seitdem fast jede Nacht verfolgt. Die Kraft und Eigenheit dieser Musik sind zu gewaltig, als daß sie sich auf dem üblichen Weg der Worte darstellen ließen; als ich sie hörte, war ich geneigt, an Sphärenmusik zu glauben; es ist etwas Unmenschliches in ihrer Größe, zugleich übertrifft die Schönheit ihrer Lautverbindungen in unglaublichem Maße alles, was jemals von Blas- oder Streichinstrumenten gespielt wurde. Sie ist nach Gesetzen aufgebaut, die wir nicht kennen. Nach dem Erwachen kann ich mich an keine Einzelheit erinnern, und während ich mich vergeblich an den *Eindruck* klammere, das einzige, was mir bleibt, gleich einer Feder des Feuervogels, versuche ich den Quell zu finden, dessen süßer Tropfen den Durst des Verschmachtenden verzehnfacht. Vielleicht ist unsere Seele im Schlaf empfänglicher; obwohl ich weiß und mich *erinnere*, diese wunderbare Musik gehört zu haben, bin ich gleichwohl machtlos, auch nur einen Takt im Gedächtnis zu behalten. Wie dem auch sei, ich bitte Sie nachdrücklich, all Ihre Kunst aufzubieten, um entweder mein Gedächtnis zu kräftigen oder – falls möglich – mich der Macht der Hypnose zu unterwerfen, unter deren unabweisbaren Zwang ich in Ihrer Gegenwart (ich habe die Geige mitgebracht) all das spielen könnte, was mich im Traum so aufwühlt. Bei diesem Versuch sind zwei Resultate von unterschiedlicher Bedeutung möglich: Erstens – die Vollkommenheit der geheimnisvollen Musik erweist sich als traumbedingte Sinnestäuschung, wie sie nicht selten Menschen widerfährt, die träumen, daß sie ein Meisterwerk von einem Buch läsen, und sich beim Erwachen nur an ein

paar sinnlose Sätze erinnern; wenn ich mich also von der Selbsttäuschung überzeugt habe, werde ich mich einer systematischen Behandlung unterziehen, völlig zufrieden in dem Bewußtsein, daß ich dabei nicht viel verliere; das zweite denkbare Resultat – die Fixierung der Melodie in Noten – ist unvergleichlich wichtiger. Vielleicht geht die gesamte Musikwelt der Vergangenheit und Gegenwart in neuen Entdeckungen auf, so wie Samenkörner in Blüten aufgehen, so wie die Raupe zu einem bestimmten Zeitpunkt aufhört, ein nur heimlich triumphierender Schmetterling zu sein. Vielleicht wird sogar das Bewußtsein der Menschen in seinen Grundfesten erschüttert und wandelt sich, weil – ich wiederhole es und glaube daran – die Kraft dieser Musik etwas Göttliches und Überwältigendes hat.«

Duplet hatte seine Darlegung mit heftigen, doch zugleich geschmeidigen Gesten begleitet; seine Art zu sprechen wies ihn als einen Menschen aus, der gewohnt ist, nicht nur über banale oder familiäre Dinge nachzudenken; sein Blick war zwar angespannt und verriet äußerste Nervosität, zeigte aber keinen Schatten von Wahnsinn, und Roumier befand, daß der Versuch zumindest interessant zu werden versprach. Er hielt es jedoch für seine Pflicht, Duplet zuvor auf die Gefahr hinzuweisen, die mit solch starker Gefühlsaufwallung unter Hypnose einhergeht.

»Sie haben vermutlich keine Vorstellung«, sagte er, »in was für eine Falle die außergewöhnliche Reizung des Gehirns Sie locken kann, wenn es (womit man rechnen muß) außerstande ist, Nichtexistentes zu rekonstruieren. Angenommen, diese Melodie ist nur eine frappierend klare Phantasie, ein Wunsch, ein Verlangen, alles, was Sie wollen, nur nicht wirklich Musik, dann füge ich Ihnen möglicherweise eine schwere Gemütserkrankung zu, und im Fall einer Gehirnblutung, die nicht auszuschließen ist, kann sogar der Tod eintreten.«

»Ich bin bereit«, sagte Duplet. »Lassen Sie die Geige bringen.«

Als dies erfolgt war und Duplet – Geige und Bogen in den Händen – in einem tiefen Sessel Platz genommen hatte, schläferte ihn Roumier binnen einer Minute durch Blick und Gebot ein.

»Grazian Duplet!« sagte der Arzt und empfand eine ungewohnte Erregung. »Ich befehle Ihnen, mir zuzuhören und mir in allem ohne Ausnahme zu gehorchen.«

»Ich gehorche«, antwortete Duplet mit fahler Stimme.

Roumiers Wohnung lag im Erdgeschoß, die Fenster gingen auf eine kleine Gasse. Der Musiker saß am geöffneten Fenster des Sprechzimmers. Er rührte sich nicht; kalter Schweiß rann ihm in großen Tropfen übers bleiche Gesicht. Roumier sagte nach kurzem Zaudern:

»Duplet! Sie hören die Musik, von der Sie mir erzählten.«

Duplet erbebte; die nichtssehenden Augen weiteten sich wie im Wahnsinn, und ein Blitz der Verzückung veränderte sein Gesicht, wie die Sonne ein bislang stumpfes Meer auffunkeln läßt. Ein langes Stöhnen, dem Nachhall eines Glockengeläuts vergleichbar, erfüllte das Zimmer.

»Ich höre sie!« rief Duplet.

»Jetzt«, fuhr der Arzt fort und zitterte selbst im Strom der unsichtbaren Nervenstrahlung, die der Musiker aussandte, »jetzt spielen Sie, was Sie hören. Die Geige haben Sie in der Hand. Fangen Sie an!«

Duplet erhob sich und setzte mit Schwung den Bogen an, und das Herz des Hypnotiseurs begann in plötzlichem Blutandrang schmerzhaft zu hämmern. Schon bei den ersten Tönen, die von den Saiten aufklangen, begriff Roumier, daß er nicht länger zuhören *durfte.* Diese Klänge blendeten und schmetterten nieder. Niemand hätte sie in Worte fassen können. Roumier fühlte nur, daß sein ganzes bisheriges Leben völlig unnütz und sinnlos vertan war und daß unter dem Einfluß solcher Musik der Mensch – wer auch immer – mit der gleichen Raserei der Ekstase zu allem befähigt sein würde, zur größten Untat und zum größten Opfer. Beklemmende Angst erfaßte ihn; in einer fast übermenschlichen Anstrengung riß er dem Musiker die Geige aus der Hand, mit dem Gefühl, einer Gottheit ins Angesicht zu spucken, und rief, nachdem er den vernichtenden Zauber gebrochen hatte:

»Duplet! Sie haben nichts gehört und nichts gespielt. Sie haben alles vergessen, was während Ihres Schlafs geschehen ist. Setzen Sie sich und wachen Sie auf!«

Duplet nahm Platz und öffnete benommen die Augen. Mit dem Erwachen fühlte er unendliche Wehmut; er erinnerte sich nur, weshalb er zu Roumier gekommen war, und stellte nun die entsprechende Frage.

»Das war zu erwarten«, sagte Roumier, der ihm den Rücken zukehrte und sich erst umdrehte, als er seine Erregung niedergerungen hatte. »Sie haben Operettenarien gespielt, dazwischen Bruchstücke einer Sonate von Schubert.«

Nach einem kurzen Gespräch, das auf diese Mitteilung folgte, entschuldigte sich Duplet verlegen, dankte dem Arzt und verabschiedete sich. Auf der Straße wurde er nach ein paar Schritten von einem unbekannten, gutgekleideten Mann angesprochen, der hochgradig erregt war; nach einem Blick auf Duplets Geige und einer knappen Verbeugung fragte er:

»Entschuldigen Sie, haben Sie jetzt eben an dem Fenster dort gespielt? Ihre Musik brach unvermittelt ab; ich hörte sie, als ich zufällig vorbeiging, und hätte gern noch weiter zugehört. Was haben Sie gespielt? Das frage ich nicht von ungefähr: Ich, ein ehemaliger Offizier, habe geweint wie ein kleiner Junge, mitten im Trubel des Tages, überwältigt von ungeahnten Gefühlen. Was, um Gottes willen, war das, und wer sind Sie?«

Duplet, der anfangs nur zerstreut zugehört hatte, erkannte mit einem Schlag die Wahrheit. Irrsinnige Wut packte ihn. Er ließ den Unbekannten stehen, stürmte in wilder Hast zurück, klingelte und stand gleich darauf wieder vor dem verdutzten Hypnotiseur. In seiner Raserei verlor er die Fähigkeit, zusammenhängend zu sprechen, er schrie keuchend:

»Du hast mich belogen! Belogen! Du Lump! Weißt du, was du mir genommen hast? Schlimmer als Mord ist das! Keine Vergebung! Den Tod! Den Tod dafür!«

Er stürzte sich auf Roumier, warf ihn zu Boden und schlug auf ihn ein. Auf den Lärm eilten die Diener herbei. Mit Mühe fesselten sie Duplet, und er wurde auf Anordnung des Arztes in eine psychiatrische Heilanstalt gebracht.

Seitdem lebte er dort und zeigte alle Anzeichen unheilbarer Melancholie, die hin und wieder von Tobsuchtsanfällen abgelöst wurde. In ruhiger Verfassung spielte er voller Wehmut und in Tränen aufgelöst stundenlang Geige, suchte das Verlorene und verblüffte die Ärzte durch die Originalität einiger Fantasien, die er unermüdlich improvisierte. Manchmal, wenn er ein besonders trauriges Thema variierte, flogen unter seinem Bogen wundersame Takte auf, die erbleichen machten – sprühende Funken ermatteter Schönheit, die Größeres ahnen ließen. Aber das wiederholte sich immer seltener und endete mit seinem Tod, der im Fieberwahn kam, während er flehentlich bat, den unbarmherzigen Vorhang zu lüften, hinter dem das geheimnisvolle, wunderschöne Schauspiel verborgen war. *1918*

ERNA

1

Zu den Lieblingshunden des ehemaligen Imperators hatte die feurige Erna gehört. Sie war von edlerem und rassigerem Blut als manch ein Aristokrat und hatte zwanzigtausend Rubel gekostet.

Nach der Revolution wurde Erna gestohlen, von wem und unter welchen Umständen, ist unbekannt.

2

»Nikolai! Geh in die Küche. Da ist so ein Kerl.«

Ranow ging hinaus. Die Worte seiner Frau hatten den Besucher richtig bezeichnet: ein Kerl mit langem Mantel und Schirmmütze und dem Gesicht eines Gauners.

»Sie wollen ein Hündchen?« sagte er. »Ich hab eins.«

Vor einer Woche war Ranow auf dem Markt tatsächlich mit einem Soldaten ins Gespräch gekommen, der in Zarskoje Selo gedient hatte, und hatte ihm gegenüber zwei

Kaufwünsche geäußert: eine Kiste Wein und einen guten Hund. Er hatte ihm seine Adresse gegeben. Kinder hatten die Ranows nicht.

»Ja, wollte ich ... Ich mag Hunde.« Ranow blickte sich um. »Wo ist er denn?«

»Draußen, wie es sich für einen Hund gehört«, sagte der Kerl. »Wollen Sie ihn sehen? Ein Zarenhund. Ein göttlicher Hund!«

Er öffnete die Tür, schnalzte, schlug sich aufs Knie und rief:

»Erna! Erna! Komm her, Hündchen ... komm!«

Auf der Schwelle erschien ein Hund. Er blieb stehen, fragte die Menschen etwas mit seinen wunderbaren menschlichen Augen und kam, als er eine nur ihm verständliche stumme Antwort erhalten hatte, langsam näher.

Er sah leichtfüßig und geschmeidig aus, und sein Fell war seidenweich. Die dünnen stählernen Beine berührten großmütig den schmutzigen Boden. Der nervöse, feine Kopf, der schmale Bauch und Rücken, die bullenstarke Brust – alles zeugte von der strengen Bildhauerkunst einer höheren Kultur. Er hatte die Noblesse einer Schlange. Das Fell war cremefarben und hatte in den sanften Locken einen gelblichen Schimmer.

»Bildschön!« sagte Ranow unwillkürlich. »Wo haben Sie ihn her?«

Der Kerl kicherte und schwieg.

»Wieviel verlangen Sie?«

»Hundert Rubel.«

Sie einigten sich auf fünfzig. Als der Kerl weg war, streichelte Ranow Erna. Sie sah ihm in die Augen, wandte sich ab und legte sich still an der Wand nieder, ihre Umgebung mit dem gleichgültigen Blick einer Gefangenen betrachtend, die jede Hoffnung verloren hat.

3

Der kleine Flur, in dem Ranow Erna untergebracht hatte, war noch enger geworden. Den größten Teil des Tages lag Erna auf ihrer Unterlage, die Augen geschlossen und den Kopf auf den Pfoten.

Jeden Tag ging Ranow mit ihr in einer stillen Nebengasse spazieren. Auf belebte Plätze traute er sich nicht, denn Erna machte niemandem Platz. Manchmal wollte sich ihr ein grinsender Straßenköter nähern, verzagte aber bei diesem kalten, traurigen Blick, der keinerlei Straßenvertraulichkeit zuließ.

Sie aß wenig und langsam. Einmal sah Ranow sie nachdenklich vor ihrem Napf sitzen. Als sie ihn bemerkte, aß sie weiter und hatte dabei, wie ihm schien, die Miene eines taktvollen Gastes, der gezwungenermaßen ein scheußliches, vom Hausherrn angepriesenes Gericht aufißt.

Nachts hörte Ranow ihre Schritte. Sie ging im dunklen Flur hin und her und seufzte verhalten wie ein Mensch.

Ihr offener, glänzender Blick verwirrte Ranow. Sie fragte ihn geduldig nach etwas, was er nicht verstand. Aber nie kam sie von selbst zu ihm, und wenn er, sich auf die Knie klopfend, sie zum Streicheln zu sich rief, kam sie mit ausdrucksvoll gesenktem Kopf näher, blieb in unnahbarer und bedeutsamer Haltung ein paar Sekunden vor ihm stehen und kehrte zerstreut auf ihren Platz zurück.

Ranow wurde das Gefühl nicht los, daß Erna ihm nicht gehörte, daß sie insgeheim wenig Gutes von ihm dachte.

Durch Zufall erfuhr er, daß Erna tatsächlich ein Hund des Zaren gewesen war. Der erste Gedanke in jener merkwürdigen Richtung, die sein Bewußtsein künftig einschlug, war: Ich sehe diesen Hund genau so, wie ihn der Zar gesehen hat.

Eines Nachts konnte Ranow nach einem zermürbenden, unsinnigen Streit mit seiner Frau lange nicht einschlafen. Er rauchte eine Zigarette nach der andern, aber das half auch nicht, im Gegenteil, der Tabak peitschte seine Nerven noch mehr auf.

Er fuhr in die Pantoffeln, zog den Morgenrock über und ging nach dem Hund sehen.

Erna schlief nicht; sie ging umher, blieb nun aber stehen und blickte Ranow unbeweglich an. Ihre Augen wirkten im Kerzenlicht streng und tief. Die Nacht schien ihnen geheimnisvolle, wichtige Weisungen eingegeben zu haben.

»Erna! Komm her!« sagte Ranow.

Er setzte sich. Erna tat einen Schritt und blickte zur Seite. Endlich richtete sie den Blick unwillig auf ihn.

Ranow versuchte sich als Zar zu sehen. Da leidet er, der Zar, also an Schlaflosigkeit. Der nächtliche Koloß des Palastes ist hell erleuchtet. Alles ist still. Er geht, eine Hand hinterm Revers des Gehrocks, grüßt mit zwei Fingern die Wache und kehrt in sein Kabinett zurück. Hier sind Kognak und Zigaretten bereitgestellt, im Kamin brennt Feuer. Im Kabinett haben sich Jahrhunderte von herrschaftlicher Strenge, von sorgsam gewahrter, selbstverständlicher Ruhe abgelagert, hier herrscht die besondere Atmosphäre des *ersten Mannes* im Staate; ein kleiner Aschenbecher sieht aus wie ein Schiff.

Neben dem Sessel liegt Erna. Sie steht auf, reckt sich, wedelt mit dem Schwanz und blickt ihn an... So wie jetzt.

Er sagt etwas zu ihr, nimmt einen Schluck, denkt an den vorsichtigen Witte und ärgert sich. Der Graf hat gesagt:

»Ich halte es für unerläßlich, Euer Majestät auf die Notwendigkeit hinzuweisen, die Verfügungen über den Reichsrat und die Reichsduma gleichzeitig und vollständig zu veröffentlichen. Man darf sich nicht auf die Hauptgedanken beschränken.«

Der Graf tritt für die Wählbarkeit des Reichsrates ein, kämpft vorsichtig, aber energisch gegen Durnowo, Solski und Ignatjew und unterstützt behutsam Taganzew.

»Was denn? Den Universitäten und Wäschereien die Macht abtreten? Alles abtreten... abtreten...«

»Erna! Du hast ja keine Ahnung! Liebst du mich?«

Ranow kam wieder zu sich. Ihn deuchte, daß der Hund seine Gedanken kenne. Um dieses unangenehme Gefühl loszuwerden, stand er auf und ging schlafen; unterwegs mußte er bei dem Gedanken lächeln, daß er mit Vor- und Vatersnamen Nikolai Alexandrowitsch hieß und daß Ranow an Romanow* erinnerte.

* Der letzte russische Zar hieß Nikolai Alexandrowitsch Romanow.

4

Eine Woche lang fühlte sich Ranow nervöser als sonst. Er war im Dienst zerstreut, grübelte dort wie zu Hause über Dinge nach, die ihn früher kaum interessiert hatten: über das Leben bei Hofe, die Einrichtung des Palastes, die Mentalität von Königen und Zaren. Alles auf diesem Gebiet schien ihm unerreichbar erhaben.

Da kam ihm ganz unverhofft ein Gedanke, der zwar dumm, aber unwiderstehlich war. Er blitzte auf, als sich Ranow eines Tages vor dem Spiegel die Glatze kratzte. Ranow hatte nichtssagende Gesichtszüge und schöne Augen, kurzum, eine gewisse Ähnlichkeit mit dem ehemaligen Selbstherrscher. Er dachte: Schade, daß ich mich rasiere. Wenn ich mich geschickt schminke, ob mich Erna dann erkennt?

Eine Woche später schritt er mit einem Gefühl von Verwegenheit und Besorgnis zur Tat. Er kaufte beim Friseur blonde Haare und Schminke. Seiner Frau sagte er nichts.

Am Abend, als alle schliefen, zog sich Ranow die Uniform seines Bruders an und setzte sich vor den Spiegel. Er mühte sich lange. Die Ähnlichkeit gelang ihm ganz allmählich, und die Schritte zur Ähnlichkeit, einhergehend mit dem Gang der Gedanken, die für *jenen* in der Ichform sprachen, erfüllten Ranow mit chaotischer Erregung. Er trat gleichsam aus den Kulissen auf die Bühne, eine entrückte und nervöse Person.

Als er fertig war, stand er voller Angst auf, mit dem Gefühl, an einen andern Ort versetzt zu sein. Aus dem Spiegel blickte der Imperator. Aber auch seine geistige Individualität, wie von einem plötzlichen Schlag getroffen, erlosch. Das ermüdende Gefühl der Erhabenheit bemächtigte sich seines Bewußtseins. In dem Moment, da Erna mich erkennt, werde ich wirklich der Zar sein.

5

Er stieß schwungvoll die Tür auf und blieb vor dem Hund stehen. Erna stand in der Ecke neben der Tür. Sie warf, wie immer, einen kurzen Blick auf ihn, aber diesmal wandte sie ihn nicht wieder ab. Sie war wie versteinert, dann schnellte sie vor, flink und elastisch wie eine Feder, ihre klugen Augen leuchteten auf; volles, reines Bellen erfüllte den Flur, und die Vorderpfoten an Ranows Brust legend, zeigte Erna ihre Hundebegeisterung und zitterte wie eine junge Birke, die herabgebogen und wieder losgelassen wird.

Der fremde Geruch stieß sie augenblicklich ab. Sie sprang zurück und knurrte so böse, daß Ranow einen Angriff befürchtete.

»Erna!« sagte er drohend. »Wehe! Erkennst du mich denn nicht? Ich bin's doch, ich!«

Und bei diesem letzten Schrei ließ sich der Wahnsinn, mit den häßlichen Flügeln schlagend, in seiner Seele nieder. Die Wirklichkeit gerann zu Bodensatz, wie Milch in gärendem Wein, und in Ranow wurde die Gestalt des Zaren er selbst.

Das Bellen hatte seine Frau geweckt. Sie kam in den Flur.

»Nikolai, was ist los?«

Beim Anblick des bleichen, reglosen Menschen mit dem Zarengesicht erstarrte sie.

Ranow schwenkte langsam die Hand und sagte laut und deutlich:

»He, wer ist da? Leute! Ich, der Imperator und Selbstherrscher von ganz Rußland, bin in einer erbärmlichen fremden Wohnung... Erna, komm her!«

Aus der Ecke kam ein ungutes, dumpfes Knurren.

»Kolja...«, sagte die Frau.

Ranow wandte sich jäh ab, legte eine Hand hinters Revers des Gehrocks und wippte ungeduldig mit der linken Fußspitze. Er quoll über von Gesetzen und Erlassen.

Der Arzt zeigte ihn mir am Morgen auf dem Rasen des Gartens. Ranow stand kerzengerade, die Brust herausgereckt, ein Bein vorgestellt, und erwies den Truppen auf dem Marsfeld huldvoll die Ehre. *1918*

DER MORD IM VORORT KUNSTFISCH

Es haben sich Dinge ereignet, über die logische Geister sich viel zuviel Gedanken machen; zumindest verleihen sie ihnen eine gewisse Undurchsichtigkeit und Rätselhaftigkeit, ohne die sie es vielleicht gar nicht lohnenswert fänden, über die Vorkommnisse im Vorort Kunstfisch nachzudenken. Nach meiner damals festen Überzeugung war ein Triumph der gerichtlichen Ermittlung zu erwarten. Daraus ist völlig richtig zu folgern, daß ich im allgemeinen *normal* dachte; nur eine undefinierbare Angst trieb mich von überall fort; von überall, wo ich Verfolgung wähnte. Diese Krankheit ist hinlänglich bekannt; ihre Symptome sind erforscht, ihre Erscheinungsformen gleichartig, darum wollen wir uns sofort den prächtigen Parkanlagen von Kunstfisch zuwenden, wo ich mich in den Büschen versteckte oder über ein Gitter stieg, im Gefühl einer tödlichen Gefahr, die ihren schwarzen Ring auf allen von mir begangenen Wegen zusammenzog. Sie existierte nicht, diese Gefahr, aber ich besaß nicht genügend Selbstbeherrschung und Vernunft, um mit der Selbstquälerei aufzuhören.

Als der Mond verschwand, fühlte ich mich besser; die Dunkelheit birgt Garantien, die für Missetäter und Opfer gleichermaßen wichtig sind. Ich stand gerade vor einer Mauer, die von Weinranken überzogen war. An dem vage durchscheinenden Weiß der Bänke und Statuen ließ sich schwerlich Lage und Richtung der Alleen bestimmen. Wessen Park das war, wußte ich nicht, ich konnte nicht einmal rekonstruieren, was für Umstände mich hierher verschlagen hatten, erinnerte mich aber voll Bitterkeit und Lebensüberdruß, daß Angst, unerklärliche Angst mich den ganzen Tag von einem Stadtende zum andern getrieben hatte, daß ich umhergeirrt und gelaufen war, mich versteckt und Schutz gesucht hatte vor unsichtbaren Feinden, die mir in der Menge auflauerten, hinter Hausecken und an allen Orten, die ein Menschenfuß betreten konnte.

Plötzlich kam der Mond wieder hervor, erhellte den Park und hob meinen Schatten aus den Schatten der Sträucher. Silbrig zitternde Bäume standen in der Mitte schwarzer Kreise. Kleine Pfützen dampften. Ich war zu sehen, zu sehen für alle und jeden, der mir ein Messer oder eine Kugel in die erkaltete Haut jagen wollte.

Da krähte – sehr weit weg und gelassen – ein Hahn.

Wen wollte er warnen? Doch ich hatte keine Zeit, über das ungelöste Rätsel seines dreifachen nächtlichen Rufs nachzudenken. Es hatte den Anschein, als spielten zu bestimmten Stunden die Kräfte der Nacht auf seinen Nerven, was hätte er selbst schon erzählen können? Aber dieser Gedanke schoß mir nur flüchtig durch den Kopf und versickerte.

Sogleich kam ich auf meine Hauptsorge zurück – fliehen. Vielleicht erwarteten mich hinter der Mauer neue Umstände, neue rettende Bedingungen. Ich fand eine Kiste, stieg darauf und schwang mich hinüber auf die andere Seite der Mauer.

Zu dieser Zeit war ich schon so zermürbt, daß mich nach einem Obdach verlangte. Seit dem frühen Morgen schwächte mich ein Anfall, den die Schatten des Abends noch verschlimmerten, und die Nacht peinigte mich wie eine Folter. Ich war auf der Suche nach irgendwas – einem Winkel, einer Hundehütte, einem Keller, ganz gleich, wenn ich nur Vergessen fand im Schlaf, der mich nicht weniger zu quälen begann als die Angst. Ich sah mich um und erblickte in einem Kreis hoher Eichen ein kleines Haus mit spitzem Dach, einen Villentyp, rasch in Mode gekommen durch die glückliche Hand Dorns, der nicht wenige Grundstücke außerhalb der Stadt mit ähnlichen Häusern bebaut hatte.

Der Mond zog sich wieder zurück, und ich konnte das Haus nur teilweise betrachten. Im Licht eines überdachten Fensters trat eine halbrunde Terrasse hervor, und ich stieg recht kühn die elegante, von blühender österreichischer Winde umrankte Treppe hinauf. Da es schon spät war, tief in der Nacht, war ich sicher, auf der Terrasse niemandem zu begegnen, und ich hoffte, unter all den Nischen und Innentreppchen – denn diese Häuser sind überladen mit derartigen praktisch unnötigen Zutaten – rasch einen dunklen Winkel zu finden, in dem ich einschlafen konnte. Leise ging ich an dem einzigen erleuchteten Fenster vorbei und warf einen Blick hinein.

Am Kamin stand, mit dem Rücken zu mir, ein schlanker Mann, in der erhobenen Hand, als wolle er auf *etwas*

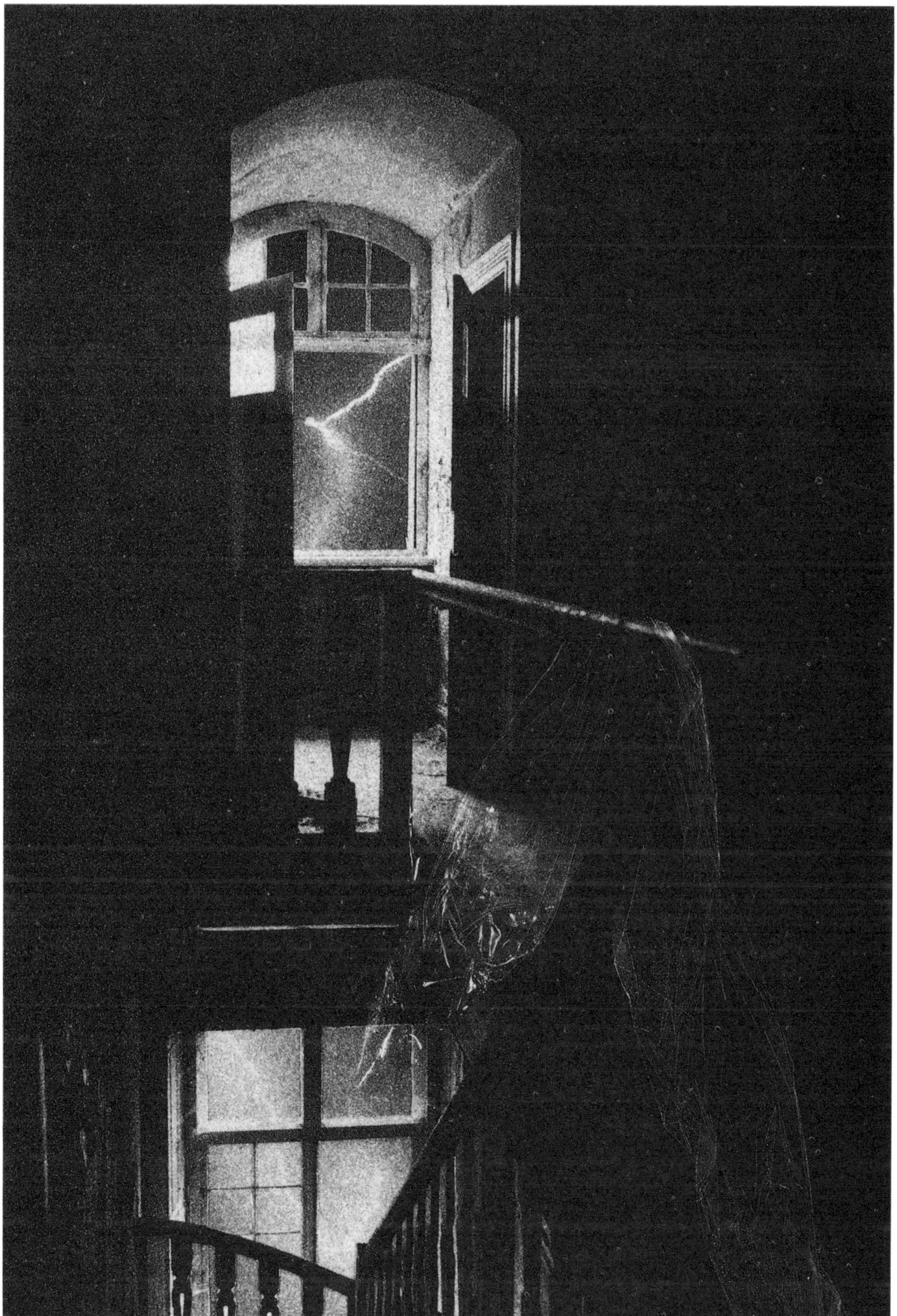

einschlagen, das sich meiner Aufmerksamkeit noch entzog, eine bronzene Kaminzange; aber er ließ sie leise sinken und drehte sich um.

Der Richtung seines Blickes folgend, sah ich in einem tiefen Sessel eine junge Frau, die Beine ausgestreckt, im zurückgelehnten Gesicht ein angespanntes und ungeduldiges Lächeln, das, als die erwartete Bewegung ausblieb, sogleich einen zärtlichen und kühnen Ausdruck annahm. Da hörte ich durch das angelehnte Fenster ihr Gespräch.

Aber zuvor will ich Ihnen den Gegenstand beschreiben, der als einziger in Gefahr war, von der Zange zerschlagen zu werden, als einziger deshalb, weil auf dem Kaminsims nichts anderes stand.

Ich spreche von einer kleinen Porzellanstatue, einem Samurai, der im Laufen die Hand am Säbelgriff hatte. Es erübrigt sich, zu sagen, daß die Japaner, was die Lebensechtheit dieser Erzeugnisse betrifft, unübertroffen sind.

Das gelbe Gesicht mit den schrägen Schlitzaugen und den herabhängenden Enden des schwarzen Schnurrbarts, unter dem sich ein feines asiatisches Lächeln schlängelte, spiegelte so natürlich die bedrohliche Bewegung des Körpers, daß man unwillkürlich zurückwich. Er trug einen goldbestickten Seidenkimono, in dem kostbaren Gürtel steckten zwei Säbel. Das linke Bein – die Ferse hatte sich vom Schuh gelöst – war in der ausgestreckten Haltung, wie ich sie in dem Stück »Kurosiwo« gesehen hatte, als ein japanischer Schauspieler, schon zu Boden gestürzt, den fliehenden Feind am Fuß erwischte.

Mehr läßt sich über diese kleine Statue nicht sagen,

meine Aufmerksamkeit war schon von dem kurzen und eigenartigen Gespräch in Anspruch genommen.

»Schließlich und endlich ist das Kinderei«, sagte der Mann und setzte sich neben die Frau, die noch immer mit nachdenklichem Spott den Samurai betrachtete. »Wir können ihn woanders hinstellen, Eta.«

»Nein.« Die Frau lachte auf, es war ein böses Lachen. »Er wollte, daß sein Geschenk hier steht, im Salon. Um so mehr, als er sich mit ihm verbunden fühlt.«

»Wie meinst du das?«

»Aber, mein Gott, wenn's ihm Spaß macht, soll er doch uns beide mit den Augen dieses Götzen angucken. Übrigens hat er mit seinen Geschenken nie Glück gehabt; er kauft, was ihm gefällt, nicht aber mir.«

»Das war doch wohl nicht seine Absicht, oder?«

»Ist es an dir, mir Vorwürfe zu machen, Dick? Ich weiß oft selber nicht mehr, was ich tue; ich liebe dich zu sehr und hasse ihn. Doch bald kommt er zurück, oh, viel zu bald!«

»Denk nicht daran, Eta. Solange wir zusammen sind – jetzt.«

»Er hat es fertiggebracht, mir dieses ›solange‹ zu vergällen.« Sie entnahm ihrer Handtasche einen Brief, entfaltete ihn auf den Knien, hob ihn hoch und las ihn in einem Ton vor, in dem man aus Zeitungen vorliest:

»Seit geraumer Zeit beunruhigt und ängstigt mich immer mehr der Gedanke an Dich. Ein Jahr sind wir nun schon getrennt. Aber ich muß die Geschäfte zu Ende bringen, darin liegt unsere Zukunft. Meine Liebe, ich habe seltsame und ungehörige Träume: Dich küßt ein anderer... Verzeih mir, es ist nur ein Traum... Deine Briefe sind nervös und kurz. Ich komme in einem Monat. Vorerst schicke ich Dir eine alte Samuraistatue, die ich auf einer Auktion erworben habe, schicke sie Dir an meiner Statt, denn ich habe sie lange mit dem Gefühl des *Wiedersehens* betrachtet, in dem Wissen, daß auch Deine Augen sie sehen werden. Ich bin nicht imstande, zu sagen, was ich empfinde. Möge dieser Krieger Dich behüten und beschützen, als wäre ich selbst bei Dir.«

»Ich sehe nur«, sagte Dick, »daß dein Mann dich sehr liebt. Und sich heftig nach dir sehnt. Verzeih mir meinen Ausbruch und ... die Zange.«

Ich blickte hinein. Sie waren aufgestanden und umarmten sich, und ich trat verlegen zurück, denn der Kuß war schön. Was diese Menschen auch immer taten – sie liebten einander. Plötzlich ging das Licht aus.

Ob mein Gehör mich narrte oder meine natürliche Aufregung sich bemerkbar machte, jedenfalls hörte ich ein Rascheln, Flüstern, den Atem der beiden, und ich fühlte, daß dort jetzt eine Welt für sich war, die alles andere negierte. Plötzlich zerriß ein Schrei diese leidenschaftliche Stille, ein markerschütternder Todesschrei.

Ich fuhr zusammen; Eis und Feuer mischten sich in meinem Herzen. Noch jetzt, wenn ich an den Schreckenslaut zurückdenke, sehe ich, wie furchtbar dieser verzweifelte, durch die Dunkelheit gellende Schrei eines Wesens war, das dem Grauen zum Opfer fiel.

Der Schrei verstummte, wiederholte sich, ging in Stöhnen über und verklang. Dann hörte ich merkwürdig harte, ineinander übergehende Laute, aus denen nichts zu verstehen war.

Ich hatte schon genug an dem, was ich bis zu diesem

Schrei ertragen hatte, bis zu dieser Szene, die ein so schlimmes, finsteres Ende nahm. Nie im Leben hätte ich an der Tür gerüttelt, wenn ich in diesen schwindelerregenden Augenblicken bei Verstand gewesen wäre. Aber ich brach die Tür auf und trat ein.

Mit Hilfe von Streichhölzern fand ich den Schalter und machte Licht in dem beschaulich-luxuriösen Zimmer, durch das nach dem Kuß der Schrei gerast und verhallt war. Sie lagen übereinander hingestreckt. Doch ich konnte diesen bebenden, fast lebendigen Tod nicht näher ansehen – blutüberströmt, was noch vor einer Minute blühendes Leben gewesen war. Ich lief in die Dunkelheit, aber wo ich umherirrte, weiß ich nicht.

Als es hell wurde, endete der Wahn; ich schwor mir zum tausendstenmal, kein Kokain mehr zu schnupfen, und wärmte mich, vor Müdigkeit und Schwermut zitternd, bei einem Glas Schnaps in einem Café, durch dessen Fenster Stadttore und Farmen zu sehen waren.

Ich saß und dachte an das, was ich Ihnen jetzt erzählt habe, und wurde erneut, mit aller Schärfe eines nochmaligen Durchlebens, daran erinnert, als ich, schon am Tage, die Zeitung aufschlug und voller Entsetzen die Überschrift las: Rätselhafter Mord im Vorort Kunstfisch!

Ohne näher auf die Fakten einzugehen, wohl aus Gründen der Schicklichkeit, wurde in der Notiz ausführlich der Charakter der Verletzungen abgehandelt, allem Anschein nach Säbelhiebe, von starker und kaltblütiger Hand ausgeführt.

Was sollte man davon halten? Es wurde jedoch der Hoffnung Ausdruck gegeben, daß die eilige Rückkehr van Forts, des Ehemanns der getöteten Frau, Licht in das

Dunkel des Falls bringen werde; ich erinnere mich nicht, wo ich schon einmal ähnliche Worte über einen Fall las, der ebenfalls keine Spur und keinen Diebstahl aufwies. Aber niemand kann einen zwingen, sich nicht zuviel Gedanken zu machen, was ich bereits zu Beginn dieser Zeilen erwähnte.

Mein Herz ist voll Demut, und ich danke dem Schicksal für den Blick, mit dem ich die Punkte und Kommas überlese.

1923

DIE EHE DES AUGUST ESBORNE

Nina N. Grin gewidmet

1

Im Jahre 1903 vermählte sich in London August Esborne, ein neunundzwanzigjähriger, gutaussehender und vermögender Mann (er war Teilhaber einer Schiffswerft) mit der neun Jahre jüngeren Alice Besant, einer Waise. Esborne brauchte nicht lange um Alice zu werben: Ihre abhängige Stellung als Gouvernante und Esbornes Eigenschaft, allen zu gefallen, führten bald zu der gewünschten Antwort.

Als das junge Paar von der Kirche in Esbornes Wohnung kam, waren sich alle Gäste und Verwandten Esbornes bewußt, daß hier ein Mann und eine Frau einen so glücklichen gemeinsamen Weg beschritten, wie es nur wenigen beschieden ist. Esbornes reiche Wohnung ertrank in Blumen und Lichtern, die Tafel war prächtig gedeckt, und Musikanten empfingen die Jungvermählten mit einem dröhnenden Tusch. Alles war von jener naiven und egoistischen Herzlichkeit durchweht, wie sie Glücklichen eignet. Der Gesichtsausdruck von Alice und

August Esborne prägte die Stimmung aller – zwei glückselige Augenpaare, die das Lächeln ihrer inneren Welt nicht zurückhalten konnten.

Zwischendurch fiel allen auf, daß Esborne nach dem ersten Toast, ausgebracht von Oberst Rips, das Gesicht zu einer Blume neigte, die er in der Hand drehte, und in Nachdenken versank. Als der den Kopf wieder hob, lag in seinen Augen tiefe Zerstreutheit, aber das verging rasch, und er scherzte wie zuvor.

Nach dem Abendessen, als die Gäste gegangen waren, trat Esborne zu seiner Frau, schaute ihr in die Augen, küßte ihr die Hand und sagte, er wolle für zehn Minuten an die frische Luft, um seinen leichten Kopfschmerz loszuwerden. Benommen und ermattet von dem Trubel und dem Glück des Tages, küßte Alice ihren Mann ungeschickt auf die geneigte Stirn und ging in ihr Zimmer, um auf seine Rückkehr zu warten.

Nachdenklich saß sie vor dem Spiegel, fuhr sich durch das gelöste Haar und blickte in die Tiefe des Glases, aus dem ihr die eigenen, weit geöffneten Augen entgegensahen. Da erlag sie dem Spiel der Einbildung, das in der Erinnerung kaum von der Wirklichkeit zu unterscheiden ist. Ihr war, als stehe ihr Mann hinter ihrem Stuhl, werde aber seltsamerweise nicht im Spiegel reflektiert. Dieses Gefühl beunruhigte die junge Frau; sie schüttelte die glänzenden schwarzen Haare und drehte sich um, obwohl sie wußte, daß sie niemanden sehen würde; in dem Moment schlug die Uhr auf dem Kamin Mitternacht. Also war eine Stunde vergangen, seit er das Haus verlassen hatte, eine Stunde, die verschwunden war im Wirrwarr der aufgewühlten, rasch wechselnden Gefühle ihres neuen Lebens.

Die junge Frau wußte nicht, was sie denken sollte, und war aufs äußerste beunruhigt, sie rief nach dem Diener und bat ihn, das Häuserviertel und den nahen Park abzugehen, und als der Diener unverrichteterdinge zurückkam, war eine weitere halbe Stunde vergangen. Alice irrte, außer sich vor Sorge, durch die Wohnung. Sie hatte das Gefühl, als wären im Winter alle Fenster und Türen einer gemütlichen Wohnung aufgerissen worden, um Kälte und Verwesung hereinzulassen. Gegen fünf Uhr morgens, als sie sich kaum noch auf den Beinen halten konnte, rief sie die Polizei an. Dort notierte man sich die Kennzeichen des verschwundenen Esborne und versprach, in zügigem Tempo alle erforderlichen Maßnahmen einzuleiten.

In dieser entsetzlichen Nacht begrub Alice alle Träume, ihren Mann und ihre jugendfrischen Hoffnungen auf Glück und seelische Geborgenheit. Ihr Hirn erlitt eine starke Erschütterung. Noch zwei Tage wartete sie auf Esborne, am Morgen des dritten Tages aber schien unter ihr der letzte Stein, an den sie sich hilflos geklammert hatte, ins Bodenlose zu stürzen, und um sie her war nur noch Leere.

Sie erkrankte, und gemäß ihrem Wunsch wurde sie in ihr früheres Zimmer gebracht, in das Haus, wo sie Gouvernante gewesen war. Ihre Herrschaft nahm außerordentlichen Anteil an ihrem Schicksal. Auch nach ihrer Genesung behielt sie von ihrer Hochzeitsnacht eine Schreckhaftigkeit zurück – Angst vor jedem Klingeln und Klopfen an der Tür. Sie befürchtete, hereinkommen würde er, von dem sie nichts mehr wissen wollte. Was immer ihm auch widerfahren war, Alice hätte ihm nicht verzeihen können, daß er sie in den ersten Minuten ihres mädchenhaften Zutrauens allein gelassen hatte, selbst wenn es nur für eine Minute beabsichtigt war.

Ein Jahr verging, noch eins. Ihr begegnete ein Mann, den ihre Geschichte rührte, der sie liebgewann und ehelichte.

2

Als August Esborne auf die Straße trat, tat er es auf das augenzwinkernde, fröhliche Geheiß eines harmlos foppenden Dämons. Er war von Glück durchdrungen und atmete gierig die Luft des Glücks. Sein Kopf schmerzte in Wirklichkeit gar nicht, und er war nur deshalb fortgegangen, weil er sich während der Rede des Obersten, der dem Brautpaar »ein Leben in Eintracht und ohne einen Tag Trennung« wünschte, mit der ihm eigenen Phantasie ausgemalt hatte, wie groß die Freude nach einer Trennung sein müsse.

Er war kein grausamer oder gefühlloser Mensch, aber mitunter beherrschte ihn eine Kraft, der er sich nicht widersetzen konnte, weshalb er sie als Marotte ansah. Es war der unbewußte Drang nach Leiden und Reue. Esborne erinnerte sich, wie er sich als Junge gern in einem dunklen Schrank versteckte und erst heraussprang, als die Sorge im Haus den Siedepunkt erreichte und die Diener sich auf der Suche nach ihm die Hacken abgelaufen hatten. Voller Freude und Angst stürzte er seiner Mutter entgegen, ganz in Tränen aufgelöst, als spürte er das Leid voraus, das er viel später erleben sollte.

Während er zum Park ging, dachte er darüber nach, wie sehr sich Alice nach dem kurzen Schreck freuen würde, wenn er zurückkam. Er beabsichtigte, eine Stunde spazierenzugehen, aber wie er rasch dahinschritt, sozusagen im Takt seiner Gedanken, hörte er plötzlich zu seiner Verwunderung, daß es schon ein Uhr schlug; auf den Straßen waren kaum noch Menschen. Er drehte sich um und wollte sofort heimkehren, doch daran hinderte ihn eine unsichtbare und undefinierbare Gegenkraft in seinem Herzen. Es war dasselbe, worauf Frauen, sich selbst zum Schaden, die Argumente des Verstandes mißachtend, traurig sagen: »Ach, ich weiß nichts, überhaupt nichts!«, während die Männer das herannahende Verhängnis fühlen, das in ihren widersprüchlichen Handlungen beschlossen ist. Esborne war über seinen Zustand erschrocken und bestürzt, und ihm kam der Gedanke, besser erst am Morgen heimzukehren, um der Verstimmung und Verdrießlichkeit der restlichen Nacht zu entgehen, zumal er am Morgen seiner Frau das Ganze als dummen zufälligen Streich zu erklären hoffte. Zuerst fand er den Gedanken wahnwitzig und unerträglich, aber er sah keinen Ausweg. Also ging er in ein Hotel, mietete unter falschem Namen ein Zimmer und betrat so, wie er war – in Frack, mit weißer Halsbinde und Blume –, den kalten und finsteren Raum.

Die Hoteldiener dachten, er sei ein Gast aus dem Restaurant. Gepeinigt von den Gedanken an zu Hause und an seine Lage, betäubte sich Esborne mit einer Flasche Whisky und sank in einen Schlaf voller Alpträume. Die ganze Zeit fühlte er in sich die schwermütige quälende Gegenkraft – ein ungehorsamer schwarzer Stachel, ge-

richtet auf sein Herz, das nach Hause drängte. Endlich fand er im Schlaf Vergessen und wachte erst um elf auf. Was sollte er nun tun?

3

Er sah, daß alles so gut wie verloren war, und wenn er noch etwas unternehmen wollte, mußte er es unverzüglich tun. Der Entschluß vom Vortag, jetzt am Morgen zu ihr zu gehen, erwies sich als unmöglich. Die junge Frau, die die ganze Nacht geweint, sich geängstigt und geschämt hatte, könnte ihn vielleicht in äußerster selbstloser Anstrengung verstehen, nicht aber ein solches Verhalten mit Liebe und Achtung ihr gegenüber in Einklang bringen. Derart in Gedanken verstrickt, empörte er sich gegen sich selbst und gegen sie und gehorchte doch die ganze Zeit der geheimen Fliehkraft, die jede normale Entscheidung abblockte. Er begann einen Brief zu schreiben, doch die Worte fügten sich nicht so, wie er wollte, und bei der kleinsten ernsthaften Anstrengung überkam ihn große Müdigkeit. Esborne war jetzt wie ausgebrannte Schlacke, so viel hatte er in den letzten Stunden durchlitten.

Er fuhr sich mit der Hand über die Augen. Plötzlich kam ihm zum Bewußtsein, daß man sich gewiß um ihn Gedanken machte; er ließ sich eine Zeitung bringen, entfaltete sie und las mit bösem Staunen die Notiz über das rätselhafte Verschwinden des A. Esborne, unter Umständen, die er selber kannte, aber während er las, war er bereit zu zweifeln, daß er Esborne war, der über sich las.

Böses, nicht wieder gutzumachendes Böses war getan worden, und mit liebender Hand hatte er seiner jungen Frau einen schweren Schlag zugefügt. Er hätte jetzt schon deshalb nicht mehr nach Hause zurückkehren können, weil in Alice für immer Angst vor seiner Seele zurückbleiben würde, über die er selbst sehr wenig wußte. Und er fühlte sich außerstande, so zu lügen, daß die Lüge lebensecht geklungen hätte.

Wie seltsam es auch sein mochte, aber beim Gedanken an die Unmöglichkeit einer Heimkehr wurde ihm etwas leichter. Er litt unsäglich, besaß jedoch den Mut, seinem neuen Schicksal ins Auge zu schauen. Allmählich ordneten sich seine Gedanken und kamen in seinem während der Nacht fast fühllos gewordenen Körper zur Ruhe.

Er änderte seinen Namen, offenbarte sich seinem Freund, nachdem er ihn schwören ließ, Stillschweigen zu wahren, und erhielt von der Bank sein Geld auf Wechsel, die er rückdatiert und seinem Freund ausgehändigt hatte. Dann zog er in einen entlegenen Stadtteil und nahm eine andere Tätigkeit auf, in der er Erfolg hatte. Er war ein »spurlos Verschollener«. Statt seiner trat John Turner ins Leben und lebte wie alle. Von den Ereignissen blieben ihm früh ergraute Haare und immer wiederkehrende skurrile Gedanken, alle verbunden mit Alice – nun Alice Rengold.

4

Er konnte an sie nicht wie an eine Fremde denken; von Zeit zu Zeit zog er Erkundigungen über ihr Leben ein und erfuhr so alles Wesentliche. Er erfuhr von ihrer Krankheit, ihrer seelischen Erschütterung, ihrer erneuten Heirat. Seine skurrilen Gedanken mündeten in der unbeirrbaren Vorstellung, er sei immer bei ihr, in Gestalt dieses Rengold, der in einem Handelskontor angestellt war. Er hielt sich für ihren eigentlichen Mann, wenn auch auf Distanz, unsichtbar und für sie nicht einmal existent. Aus den einzelnen Splittern, die er durch seine Nachforschungen erhielt, setzte er sich ein Bild von Alices Familienalltag, von ihren Sorgen und Hoffnungen zusammen. Er erfuhr von der Geburt ihrer Kinder, er freute sich, wenn das Leben im Haus der Rengolds ruhig verlief, und sorgte sich, wenn die Kinder erkrankten oder materielle Schwierigkeiten auftraten. Das waren teils Träume darüber, was er selbst in seinem Leben hätte verwirklichen können und müssen, teils ein ständiges Dabeisein in Gedanken. Manchmal stellte er sich vor, was geschähe, wenn er hinginge und sagte: »Da bin ich«, aber das zu tun schien ebenso unmöglich, wie wirklich John Turner zu werden.

So vergingen elf Jahre. Im zwölften Jahr erfuhr Esborne-Turner, daß Rengold für sechs Monate nach Indien gefahren war, und gegen alle seelischen Verbote wuchs in ihm der Wunsch, Alice wiederzusehen. Und eines Tages, eines heißen, hitzematten Tages, da sich kein Lüftchen rührte, fuhr er, wie zur Hinrichtung, zu dem Haus, in dem Alice Rengold lebte.

In dem Maße, wie das Automobil den unglücklichen Menschen dem unmöglichen, unausdenkbaren Wiedersehen näher brachte, glaubte er, daß er in die Tiefe der vergangenen Jahre raste und daß die Zeit nichts weiter sei als Leiden. Das Leben wurde gleichsam zurückgespult. Seine Seele erbebte in der wiederkehrenden Neuheit des Vergangenen, und der Automatismus der Gefühle hinderte ihn am Denken. Mit letzter Kraft stieg er die Stufen zur Tür hinauf und drückte den Klingelknopf.

Wie in Trance, am ganzen Leibe zitternd und glühend, nahm er gar nicht wahr, wie er zur offenen Tür des Salons geleitet wurde.

Er setzte den Fuß auf den Teppich, und im Licht des Zimmers sah er eine gealterte schöne Frau in einem graublauen Kleid auf sich zukommen. Zuerst erkannte er sie nicht, aber als er sie dann erkannt hatte, war ihm, als hätte er sie erst am Vortag gesehen.

Sie erbleichte und stieß einen Schrei aus, mit dem alles gesagt war. Esborne wankte, fiel auf die Knie, streckte die Arme aus und ergriff die eiskalte Hand der Frau.

»Verzeih!« sagte er und erschauderte selbst vor diesem Wort.

»Ich freue mich, daß Sie leben, Esborne«, sagte schließlich Alice Rengold von weitem, mit einer Stimme, die Esborne qualvoll vertraut war. »Ich danke Ihnen, daß Sie gekommen sind. All die Jahre...« Sie ließ sich schluchzend in einen Sessel fallen und sprach hastig zu Ende: »All die Jahre habe ich das Schlimmste gedacht. Und auf einmal... Gehen Sie und schreiben Sie mir, gehen Sie, es tut mir so weh, August!«

»Ich gehe«, sagte Esborne. »Dort, in meinem Tagebuch… Ich habe jeden Tag geschrieben… Vielleicht werden Sie verstehen…«

Sein Herz hielt der furchtbaren Anspannung nicht stand. Er umschlang mit einem Aufschrei die Füße seiner Frau und starb, weil er schon längst gestorben war.

1926

DIE WETTE

1

»Es ist, als ob man nach einem höllischen Besäufnis im Dunkeln aufwacht«, sagte Tenbroke, »mit dem Unterschied, daß man sich nach einem Besäufnis zu guter Letzt erinnert, wo man liegt.«

Spangid hob den Kopf.

»Sind wir da?«

»Ja. Aber wo, das hätt ich gern gewußt!«

Tenbroke setzte sich im Bett auf. Spangid blickte sich neugierig im Zimmer um: ein großer schmuckloser Raum ohne Bilder, in dem alles grün war bis auf die Bettwäsche. Auf einem grünen Teppich standen zwei Nachtschränkchen, zwei Betten und zwei Sessel. Es war fast dunkel, denn die grünen Stores, die bis auf den Teppich herabhingen, ließen nur an den Seiten etwas Licht hindurch. Ob es aber morgendliche oder abendliche Strahlen waren, war schwer zu sagen.

»Bin ich auch nicht vergiftet?« fragte Tenbroke.

»Wie du siehst, nicht. Ein ideales Schlafmittel«, erwiderte Spangid, sich noch immer umblickend. »Wie spät ist es?«

»Hier gibt's keine Uhr«, teilte Tenbroke finster mit, nachdem er das Nachtschränkchen durchstöbert hatte. »Die haben sie rausgeschafft, ebenso unsere Kleidung. Taulis hält sich genau an die Bedingungen der Wette.«

»Dann läute ich jetzt.«

Spangid drückte den Knopf an der Wand.

Tenbroke sprang auf, lief zum Fenster und zog die Stores beiseite. Die Fensterscheibe war aus Mattglas.

»Sogar daran hat er gedacht!« rief Tenbroke und lief zum zweiten Fenster, wo er sich überzeugte, daß die Firma »Blitzreisen« einen ausreichenden Vorrat an Mattglas besaß. »Hör zu, Spangid, ich bin ungeduldig und neugierig; die Wette übersteigt meine Kraft. Also, ich *werde fragen*! Andererseits ... fünftausend!«

»Wie du willst, aber ich halte durch«, erwiderte Spangid, »obwohl ich so gern wissen möchte, wo ich bin, daß ich, könnte ich nicht mit einem Schlag aus meiner Armut herauskommen, sofort *fragen würde*.«

Tenbroke kaute an der Lippe und ging zur Tür. Sie war verschlossen.

»Also ist es noch nicht sechs Uhr morgens«, sagte er, griff erleichtert nach seinem Zigarrenetui, das Taulis ihm dagelassen hatte, und zündete sich eine Zigarre an. »Bestimmt schläft Taulis noch.«

»Soll er«, gab Spangid zurück. »Wir haben Zigarren und ein grünes Zimmer. Wir sind überall und nirgends. In einem Städtchen am Rhein ebensogut wie am Kap der Guten Hoffnung, zwischen den Kiefern des Yellowstone-Parks oder im Schnee von Alaska. Thompson hat dreiundneunzig Varianten aufgezählt, nicht wahr? Unmöglich, es herauszubekommen. Wir haben keine Anhaltspunkte. Um sechs Uhr abends wird uns Taulis entsprechend den Wettbedingungen eine graue Pille verabreichen, und nach einer gewissen, für uns nicht existierenden Zeit werden wir auf den östlichen Diwanen in Thompsons Kabinett erwachen, wo wir uns nach dem Abendessen hingelegt haben. Gehorsam wie die Schafe werden wir uns die für fünftausend verkauften Augen reiben und unseren Geschäften nachgehen, und so nach drei Monaten wird Thompson, die gute Seele, uns vielleicht sagen: ›Sie waren auf einer der schönsten Inseln im Stillen Ozean, aber der Gewinn war Ihnen wichtiger als das Glück, zu *schauen* und zu *verweilen*. Möchten Sie nicht das Spiel wiederholen?‹ «

»Verflucht! So ist es«, sagte Tenbroke. »Ich verstehe dich; du hast einen Haufen kleiner Geschwister, die du durchbringen mußt, aber ich ... ich habe ein solides Gehalt. Weißt du, Spangid, ich werde *fragen*. Dann erfährst auch du, *wo* wir sind.«

»Du hast vergessen, daß wir in diesem Falle getrennt werden; du wirst weggebracht, und ich muß die graue Pille schlucken.«

»Das hab ich vergessen«, erwiderte Tenbroke leise. »Aber ich halt's trotzdem nicht aus. Die Versuchung ist zu groß.«

»Ich werde mich mein Leben lang verachten, aber ich halte durch«, sagte Spangid und seufzte. »Nur um meinetwillen.«

»Schimpf nicht, Spangid. Das Unternehmen, in dem ich arbeite, steht nicht auf so sicheren Beinen, wie man gemeinhin denkt. Da bot sich eine Gelegenheit, und ich habe zugegriffen. Du hast sie mir geboten. Es war deine Idee.«

»Na schön, was soll sein ... Taulis kommt.«

Der Schlüssel drehte sich im Schloß, und Taulis trat ein, Thompsons Agent, der die schlafenden Reisenden in einem der firmeneigenen Aeroplane begleitet hatte. Er trug wie zum Abschiedsessen bei Thompson einen Smoking; das Klima des Landes war nicht mit ihm hereingekommen.

»Machen wir ein Geschäft!« rief Tenbroke. »Sie kriegen zweitausend Dollar für ein ehrliches Wort! Wo sind wir?«

»Wissen Sie, Tenbroke«, antwortete Taulis, »von all meinen scheußlichen Angewohnheiten ist eine besonders scheußlich: Ich bin gewohnt, ehrlich zu dienen. Sie sind in Madrid, Kopenhagen, Kairo, Moskau, San Franzisko und Budapest.«

Er zog die Uhr hervor.

»Sechs Uhr. Die Wette gilt, das Spiel beginnt. Tee, Kaffee oder Wein?«

»Wodka«, sagte Spangid.

»Kaffee«, sagte Tenbroke. »Und eine Zeitung!«

»Die ich aus Liss mitgebracht habe?« erkundigte sich Taulis scheinheilig. »Lassen Sie das, Gentlemen. Das sind doch *sehr* kindische Tricks.«

2

Am 5. September 1928 hatte die Firma »Blitzreisen« in der Person ihres Direktors Fabricius Thompson eine originelle Wette mit dem Schriftsteller Metlaen Spangid und seinem Freund Kornuel Tenbroke, einem Büroangestellten in einer Konservenfabrik, abgeschlossen.

Gemäß der Vereinbarung sollte jeder von ihnen fünftausend Dollar erhalten, wenn er, über einige tausend Meilen an einen der geographischen Punkte im Einflußbereich der »Blitzreisen« befördert, dort zwölf Stunden verbrachte, von sechs Uhr morgens bis sechs Uhr abends, ohne zu wissen, wo er sich befand. Die Hin- und Rückreise mußten die Freunde in bewußtlosem Zustand über sich ergehen lassen.

Sollte die natürliche Neugier obsiegen, so waren die Verlierer zu folgendem verpflichtet:

Tenbroke mußte in den Dienst der Firma »Blitzreisen« eintreten und das erste Jahr ohne Gehalt arbeiten.

Spangid mußte unentgeltlich einen Reklameartikel über die Eindrücke eines Menschen schreiben, der nach dem Erwachen nicht weiß, wo er sich befindet, und es dann erfährt. Thompson würde dafür sorgen, daß der Artikel – mit Photos, einem Bild des Autors und Aufnahmen der Firmengebäude – in der weitverbreiteten Zeitschrift »Epoche« erschien.

Die Werke Spangids, der gern ungewöhnliche psychische Zustände beschrieb, waren Garantie dafür, daß der Artikel den Zielen der Firma vollauf gerecht würde.

Thompsons Firma ging in ihrem Projekt von der allseits bekannten Empfindung aus, daß ein Mensch, der nach starker Alkoholvergiftung oder übermäßiger Müdigkeit im Dunkeln erwacht, kurzzeitig ohne Gedächtnis ist. Beim Erwachen weiß er zunächst nicht, wo er sich befindet, und wer eine lebhafte Phantasie besitzt, dehnt diesen Zustand gern aus und stellt sich vor, mit dem Hellwerden einen Ort zu sehen, an dem er noch nie war. Dieses kurze Ungewißheit-Spielen mit sich selbst endet größtenteils damit, daß der Erwachte sich zu Hause wiederfindet. Aber nicht immer.

Laut dem von Thompson und seinen Kompagnons aufgestellten Programm hatte der Kunde – selbstredend ein weltläufiger, weitgereister, vermögender Mensch, den es nach Neuem verlangte – nach Zahlung von zehntausend Dollar ein Schlafmittel einzunehmen, das rasch und unschädlich wirkte. Zuvor drückte er auf die Kristallkugel eines Apparates, der die Nummern von dreiundneunzig Orten des Erdballs barg, wo im voraus präparierte Hotelzimmer oder eigens zu diesem Zweck gebaute Gebäude bereitstanden. Die Nummer fiel, sie sagte dem Kunden nichts, aber das war sein Gewinn – ein unbekannter Ort, den er selbst bestimmt hatte. Er verlor das Bewußtsein und wurde in einem mächtigen Aeroplan auf die Reise geschickt, einen Tag, zwei oder mehr, wonach er unter den gleichen Bedingungen wie Spangid und Tenbroke erwachte.

Zehn Minuten vergingen. Dann erschien der Agent, der den fühllosen Körper des Kunden begleitet hatte, und sagte:

»Guten Morgen! Sie sind in ...«

In den zehn Minuten hatte sich der erwachte Passagier

bei vollem Bewußtsein und zu Recht vorstellen können, in jedem beliebigen Teil der Erde zu sein – in einer Stadt, einem Dorf, einer Wüste, am Ufer eines Flusses oder Meeres, auf einer Insel oder im Wald, denn die Firma verfügte über ein vielfältiges Angebot. Der Kunde konnte Paris gewinnen oder eine Höhle auf Feuerland, das Ufer des Tanganjikasees oder eine Insel im Südlichen Eismeer. Der Endeffekt des angespannten Zustands war teuer erkauft, aber zahlreiche Leute, die dieses Vergnügen erprobt hatten, versicherten, es gebe nichts Aufregenderes als das Warten auf die Auflösung.

Spangid hatte es abgelehnt, gegen Honorar einen Reklameartikel für die Firma zu schreiben, war aber bereitwillig auf die Wette eingegangen, überzeugt, daß er durchhalten würde. Sosehr es ihm widerstrebte, Reklame zu schreiben, obwohl ihm dafür weitaus mehr als fünftausend angeboten waren, so sehr kam ein Wettgewinn seinem Charakter entgegen. Er schrieb keine größeren Werke, denn er fand kein bedeutsames Thema, und mit kleinen Arbeiten verdiente er wenig. Nach dem Tod des Vaters waren eine Schwester und zwei Brüder in seiner Obhut geblieben. Er mußte ihnen den Weg ins Leben ebnen.

Die Wettidee begeisterte Tenbroke, und Spangid stellte der Firma die Bedingung, auch Tenbroke in die Wette einzubeziehen. Beide sollten bis zum Ende des Experiments zusammenbleiben und durften sich nur trennen, wenn einer verloren hatte.

Also, der Tag hatte begonnen. Wo?

3

»Ja, wo?« sagte Tenbroke, als Taulis Kaffee, Wodka und Sandwiches brachte. »Ganz gewöhnlicher Kaffee.«

»Ganz gewöhnlicher Wodka«, stimmte Spangid ein, »und die Sandwiches sind auch ohne Geographie. Ich bin nicht Sherlock Holmes. Ich kann aus der Form des Geschirrs keine Schlüsse ziehen.«

Taulis setzte sich.

»Ich will mich gern erschießen, wenn Sie erraten, wo wir jetzt sind«, sagte er. »Sie bemühen sich vergebens, es herauszubekommen.«

Sein glattrasiertes altes Jockeygesicht erzählte Spangid etwas über den zurückgelegten Weg, über das Gefühl, sich in einem fernen Land zu befinden. Taulis *wußte Bescheid*; das übertrug sich auf die Nerven Spangids, der sein Leben lang von Reisen geträumt und nun endlich eine unternommen hatte, aber so, als wäre er überhaupt nicht fortgefahren.

Diffuser Lärm drang durchs Fenster. Schritte, Stimmen... Dort pulsierte das Leben einer unbekannten Stadt oder Siedlung, die sie nicht sehen und kennenlernen durften.

»Gehen Sie, Taulis«, sagte Spangid. »Sie sind reich, und ich bin ein Bettler. Ich habe mich selbst beraubt. Wenn ich die fünftausend habe, werde ich ein Jahr lang reisen.«

»Ich steh es nicht durch«, ließ sich Tenbroke vernehmen. »Mein Blut fängt an zu kochen. Halten Sie mich zurück, Taulis, ich bitte Sie. Ich bin kein Mensch von eiserner Entschlossenheit wie Spangid, ich platze vor Neugier.«

»Nehmen Sie sich zusammen«, riet Taulis im Hinausgehen. »Die Klingel haben Sie zur Hand. Ihre Kleidung bekommen Sie laut Abmachung erst kurz vor der Abreise. Sie wurde ... hm ... demjenigen übergeben, der Sie und mich kontrolliert.«

Die gefangenen Reisenden wuschen sich in der zum Zimmer gehörigen Toilette und legten sich wieder hin. Als Tenbroke seinen Kaffee getrunken hatte, zündete er sich eine Zigarre an; Spangid trank seinen Wodka und schloß die Augen. Ist es nicht einerlei? dachte er an der Grenze zum Schlaf. Es zu erfahren ... kann ich mir nicht leisten. Dolly, Sandy und August müssen leben und lernen. Meine Lieben, ich halte durch, obwohl niemand so dringend wie ich eine Reise mit all ihren Wundern braucht. Ich denke einfach, ich wär zu Hause.

Er wachte auf.

»Ein irres grünes Zimmer«, sagte Tenbroke, auf dem Bett sitzend, die dritte Zigarre zwischen den Zähnen.

»Wo sind wir?« fragte Spangid. »Oh!«

»In einem irren grünen Zimmer«, wiederholte Tenbroke. »Vier Uhr.«

Spangid sprang auf.

»Erbärmlich sind wir, erbärmlich«, fuhr Tenbroke fort. »Ich habe mich verkauft. Was fühlst du?«

»Ich kann nicht mehr«, sagte Spangid und versuchte, der Erregung Herr zu werden. »Ich bin nicht für eiserne Safes geboren. Ich bin ein Waschlappen. Mir zittert jeder Nerv. Ich muß es wissen, ich muß! Taulis, nehmen Sie das Opfer in Empfang und schicken Sie es nach Hause.«

Tenbroke stürzte zu ihm, aber Spangid hatte schon geklingelt.

Taulis trat ein.

»In fünf Minuten gibt es Mittagessen«, sagte er und erriet an Spangids Gesicht, wie es um ihn stand. »Bloß noch zwei Stunden, Spangid, eine Kleinigkeit... Schweigen Sie, schweigen Sie, um Ihretwillen!«

»Ich habe verloren! Ich werde zahlen!« rief Spangid. Er lachte und reckte sich wie ein freigelassener Vogel. »Her mit der Kleidung, der Tür, der Welt! Thompson ist nicht reicher als ich! Wo bin ich, schnell, sagen Sie's!«

Taulis hegte Sympathie für Spangid. Er versuchte ihn mit einem Scherz umzustimmen:

»Ich schwöre bei meiner Ehre, hier gibt es nichts Sehenswertes! Sie werden es bitter bereuen!«

»Und wennschon. Aber *ich* bin's, der bereut; *ich*.«

»Und Sie?« Taulis blickte Tenbroke an.

»Ich werde nie das Gefühl loswerden, daß ich dich verraten habe, Spangid«, sagte Tenbroke und versuchte zu lächeln. »Bloß ... wenn es hier nichts Sehenswertes gibt...«

Spangid nahm die Verwirrung des Freundes kaum wahr. Taulis ging die Kleidung holen, Spangid beruhigte Tenbroke und riet ihm, hart zu bleiben und die restlichen zwei Stunden um der Zukunft willen auszuharren. Als Taulis die Sachen brachte, zog sich Spangid rasch an.

»Leb wohl, Tenbroke«, sagte er aufgeregt. »Sei mir nicht böse. Ich bin wie im Fieber.«

Nichts mehr sehend und hörend, folgte er Taulis in den Korridor und dann auf einen Balkon. Im Licht des Balkons und des klaren tiefblauen Himmels glitzerten Berge.

Aus der Erregung wurde Begeisterung. Auf dem Balkon stehend, war Spangid mit den Augen und dem Herzen da, *wo er war.*

Am Fuße steiler Basaltfelsen erstreckten sich die weißen Häuser einer sauberen kleinen Stadt bis zum Meer. Der bogenförmige Eingang der Bucht wurde von einem überhängenden Felsen überspannt, den die Wellen vergangener Jahrtausende ausgehöhlt oder vielleicht die Stöße eines Erdbebens so geformt hatten. Die Berghänge leuchteten wie ein in Falten gelegter, gigantischer bunter Teppich; dort, im Dickicht, ließen sich unvergeßliche Plätzchen ahnen. Unter dem überhängenden Felsen glitten hohe Segel.

»Die Stadt Felton auf der Insel Magescan, nicht weit von Madagaskar«, sagte Taulis. »Sie rühmt sich einer erstaunlich klaren und reinen Luft, aber hier gibt es weder ein ordentliches Hotel noch ein Theater. Dieses Haus wurde von der Firma Thompson an den Hang des Taiden-Berges gebaut. Aeroplan oder Schiff?«

»Ich bleibe hier«, sagte Spangid nach tiefem Schweigen. »Ich habe gewonnen! Weil ich selber, mit eigener Hand, diese Insel und Stadt aus dem Apparat gezogen habe. Wir sind geflogen ... Wir sind doch geflogen? Zwei oder drei Tage?«

»Vier«, antwortete Taulis, »aber was wollen Sie hier machen?«

»Ich werde zu Geld kommen. Ich schreibe ein Buch, ein ganzes Buch über die ›Enträtselte Ungewißheit‹. Von dem Erlös kann ich meine Geschwister herholen. Noch ein bißchen Armut, und dann ist das Buch da! Armer Tenbroke!«

»Jetzt achte ich Sie noch mehr«, sagte Taulis, »aber um Tenbroke brauchen Sie sich keine Sorgen zu machen. Er wäre ehrlich enttäuscht, nicht in Paris zu sein oder in Wien!« *1933*

Grins rätselhafte Geschichten

»Der Mensch – ein psychologisch phantastisches … Wesen«
Gorki

»Nicht ein Thema suchte er, weil er selbst sein Thema war, sondern ein Sujet, welches durch Ereignisse und Intrige das Wichtigste in seiner Seele ausdrücken könnte«
Grin

»Unmögliches, aber es geschah«

Rätselhafte psychische Zustände und Sonderfälle haben Schriftsteller schon immer beschäftigt. Besonders die Romantiker. Für sie ist die wunderliche Weltsicht eines Sonderlings programmatisch. Sie kann eine Wahnvision sein, oder sie wird als solche von der Gesellschaft abgestempelt. Auch in den Erzählungen Alexander Grins (1880–1932) häufen sich psychische und psychophysiologische Krankheitsfälle und -bilder: Wahnvorstellungen, innere Spaltungen, Gedächtnisverluste, Scheintode, Phänomene des Unterbewußten. Grin selbst nannte 1915 ein Bändchen mit Erzählungen, die ihren Stoff und ihre Intrige aus speziellen Problemen der Psychologie und Psychiatrie schöpften, »Rätselhafte Geschichten«. Herbert Krempien schrieb 1985, als der vorliegende Grin-Band konzipiert wurde: »Rätselhaftes also passiert, und natürlich kommt dadurch eine phantastische Note in die Erzählung. Schaut man aber genauer hin, resultieren alle diese Phantastika aus der psychischen Konstitution des Menschen, aus der Spanne und der Spannung, die da zwischen den Abgründen des Unbewußten und dem bewußten sittlichen Streben des Menschen entsteht. In diesem wenig erforschten Raum (wenngleich die Wissenschaft heute weiter ist als damals, als diese Erzählungen geschrieben wurden) entsteht ein zeitweiliger Gedächtnisverlust ebenso wie eine Persönlichkeitsspaltung, ist psychische Enthemmung ebenso zu finden wie Gehemmtheit, kommt es zu grausamen Experimenten mit und am Menschen ebenso, wie sich das Harmoniestreben bis zur Exaltation steigern kann. Grin interessiert das weite Feld der menschlichen Psyche, aus deren Extremerscheinungen seine Phantastik erwächst, weil er da immer auch verdichtet und künstlerisch zuspitzt... Grin denkt poetisch weiter, wo die Wissenschaft an die nüchternen Fakten gebunden bleiben muß. Er erschließt den psychischen Raum des Menschen auf seine Weise, auf eine – so meine ich – faszinierende Weise.«

Diese rätselhaften psychischen Erscheinungen sind bei Grin meistens eine Legierung von Realem und Phantastischem, von medizinisch Genauem und reiner Mystifikation. Dennoch erwies sich, daß Grins Kunst vom Wissenschaftlichen nicht weit entfernt war. Oft nahm er sogar spätere medizinische Entdeckungen vorweg. Grin hat sich intensiv mit wissenschaftlichen Forschungsergebnissen auf dem Gebiet der Psychologie und der Physiologie beschäftigt. Die Literaturkritikerin L. Michailowa erinnert sich, wie der sowjetische Psychophysiologe Prof. L. Lurija Ende der 60er Jahre eine Vorlesung mit den Worten begann: »Kein Schriftsteller vermochte die Funktionen des Gehirns so glänzend zu beschreiben und ein so erstaunlich genaues, verzweigtes Bild von der Neutronentätigkeit seiner Rinde ... zu schaffen wie Grin in ›Die zurückgegebene Hölle‹.« Ähnliches wurde von Psychiatern über andere Erzählungen Grins gesagt. Der Literaturkritiker Wadim Kowski konnte 1981 verallgemeinern: »Im Genre ›Rätselhafter Geschichten‹ beschrieb Grin eine Vielzahl von Erscheinungen, die heute dem – damals noch unbekannten – Bereich der Parapsychologie zugeordnet werden: Suggestion und Gedankenübertragung...; schöpferische Verwirklichung der Persönlichkeit unter Hypnose (›Die Kraft des Unfaßbaren‹); Hellsehen... Wunder der Selbstsuggestion (›Das Rätsel des vorausgesehenen

Todes‹) usw. Nicht selten erschöpfen sich die Sujets ›der Geschichten‹ in einer medizinischen Diagnose, die nach dem Verhalten der handelnden Personen jeder Psychiater ohne Schwierigkeit stellen könnte: eine Amnesie (›Die zurückgegebene Hölle‹); ein Delirium mit optischen Halluzinationen und Verfolgungswahn (›Das graue Automobil‹); Sinnverwirrung (›Der Weg‹); Größenwahn (›Das Seil‹); Dämmerzustand mit aggressivem Verhalten und einer Amnesie (›In der Nacht und am Tage‹) ...«

Doch das Medizinische ist für Grin nur ein Ausgangspunkt seiner Erzählungen. Das veranschaulicht »Die zurückgegebene Hölle«, deren wissenschaftliche Bedeutung der bekannte Psychophysiologe besonders hervorhob. Die medizinische Diagnose und den Krankheitsverlauf benutzt Grin nur als ein Hilfsmittel für ein sittlich-philosophisches Experiment, für die Darstellung seines eigentlichen Anliegens. Der Journalist Galien Mark verlor infolge einer Verwundung beim Duell seine krankhafte Gedankenanspannung, die unerträgliche Überfülle von Eindrücken und Informationen. Zugleich erlosch aber auch seine Persönlichkeit, sein Talent. Beides konnte er nur zusammen mit den »Höllenqualen des Bewußtseins« zurückgewinnen. Ähnlich verhält es sich mit der psychischen Katastrophe des Geigers Grazian Duplet in »Die Kraft des Unfaßbaren«. Sie resultierte aus einer seelisch-geistigen Vergewaltigung seiner schöpferischen Eigenständigkeit. Die ängstliche Lüge des Hypnotiseurs zerstörte Duplets letzte Hoffnung, das Unterbewußte – die unerreichbare Musik seiner Träume – zu fixieren. Und weiter: Die optischen Halluzinationen des Eli Star in »Der Weg« hält dessen Freund für eine Krankheit, die klinisch zu heilen ist. Aber Grin entwickelt dieses Motiv zur Darstellung seiner Doppelsicht der Welt und seiner künstlerischen Methode: Inmitten der alltäglichen Stadtlandschaft sieht Eli Star gleichzeitig eine hüglige blühende Steppe mit blauen Bergen am Horizont und einem Weg in die Ferne. Er verläßt Heimat, Haus, Geliebte auf der Suche nach der Welt seiner Einbildung. Als später die Nachricht von Stars Tod irgendwo in

Südamerika eintrifft, muß sich sein Freund fragen: »Sollte er vor seinem Tod das Land hinter den Bergen gefunden haben?« Grins Thema des inneren Sehvermögens setzt die Erzählung »Die Wette« fort: Der Anblick einer wunderschönen fernen Landschaft vom Balkon ist wichtiger als die Verlockung, sich von materiellen Sorgen zu befreien.

Grin enträtselte in diesen Erzählungen stets Zusammenhänge, die durch äußere, sichtbare Faktoren nicht faßbar sind. Ihn beschäftigte die Rolle des Unterbewußten. Er war überzeugt von der Unendlichkeit der schöpferischen Potenzen des Menschen, von seinen verborgenen übernatürlichen Möglichkeiten, von der formenden Kraft des Geistigen und Psychischen für das Materielle und Physische. Er gestaltete sogar die Möglichkeit physischer Veränderung durch psychische Vorstellung und psychisches Wollen.

Die psychologischen Experimente und abenteuerlichen Sujets Grins entfalten sich in einer romantischen verfremdeten Welt zu sittlich-philosophischen Gleichnissen. Und stets geht es Grin um die Erforschung des geheimen Wesens der menschlichen Persönlichkeit. So verwandeln sich medizinische Krankheitsgeschichten in Grins poetischer Welt in erstaunliche Parabeln über menschliche Wunsch- und Alpträume, über die Phantastik der menschlichen Psyche, den Zwiespalt zwischen Ideal und normiertem »Realismus« und »die überdimensionalen Möglichkeiten des Menschen«.

Quelle und Grundlage dieser rätselhaften Parabeln war das tragische Leben des Alexander Grin.

Die Misere des abenteuerlich-wechselvollen Lebens Grins, die Sonderstellung seines Werkes in der zeitgenössischen russischen Literatur, der schwierige Charakter dieses einsamen, verschlossenen Menschen ließen ihn zu Lebzeiten zu einer der rätselhaftesten Figuren werden, um die sich die unwahrscheinlichsten Legenden rankten. Grin selbst pflegte diese Legenden sarkastisch zu verlachen.

Die Weltsicht seiner Helden macht in noch stärkerem Ausmaß, als es für literarische Gestalten im allgemeinen zutrifft, verfremdete Psychogramme Grinscher Lebenserfahrungen, Sichten, Ansichten und Ideale erkennbar.

Der Schriftsteller hieß eigentlich Grinewski und wurde 1880 in Sibirien geboren. Dorthin war der Vater, gebürtiger Pole, nach der Niederschlagung des polnischen Aufstands des Jahres 1863 von der zaristischen Selbstherrschaft verbannt worden. Seit seiner Kindheit fühlte sich Grin unverstanden. In der Familie wurde er ausgelacht wegen seiner leidenschaftlichen Liebe zu Büchern, wegen seines Dichtens und des Hanges zum Abenteuerlichen. »Armut und Rechtlosigkeit zerbrachen den lebensuntüchtigen und kindlich-naiven Menschen«, schreibt die Kritikerin L. Michailowa über Grins Vater, und über das Familienleben in Grins Elternhaus: »Die Kinder sahen ihre Eltern oft betrunken. Die Familie vegetierte in Armseligkeit, Zank und Streit. Jeder Esser war einer zuviel. Der schüchterne Alexander litt und weinte, wenn er gekränkt wurde. Doch er verzieh die Kränkungen nicht, verteidigte sich leidenschaftlich. Das blieb für immer – äußerste Sensibilität, Stolz, Unnachgiebigkeit.«

Der junge Grin suchte zunächst die Romantik der Ferne. Er wollte Seemann werden, unbekannte Welten erleben. Aber im praktischen Leben scheiterte er überall: als Hilfsmatrose, Bademeister, Kanzleischreiber, Fischer, Landstreicher, Bettler, Goldwäscher, Flößer, Holzfäller... Seine Irrfahrten schienen endlos zu werden. Da wurde der »Aussteiger« 1902 zum Militärdienst in der zaristischen Armee einberufen. Er schloß sich bald der terroristischen sozialrevolutionären Partei an, die durch individuelle Terrorakte den »Volkswillen« durchzusetzen hoffte. Grin desertierte aus der Armee und ging in den revolutionären Untergrund. Das Leben eines Berufsrevolutionärs begann: Gefängnis, Verbannung, Flucht, ein Leben mit falschen Pässen unter anderen Namen. Das lebendige Leben heilte Grin von seinen gewalttätigen elitären Illusionen. 1908 veröffentlichte er seine erste romantische Erzählung. Er verließ die sozialrevolutionäre Partei und zog sich ganz von der politischen Tätigkeit zurück. Trotzdem wurde er wegen seiner früheren revolutionären Tätigkeit und Parteimitgliedschaft erneut verhaftet. Nach einem Jahr Gefängnishaft wurde er nach Nordrußland verbannt. Erst 1912 konnte er nach Petersburg zurückkehren. Er wurde Berufsschriftsteller. Die Februarrevolution begrüßte Grin begeistert, von der Oktoberrevolution war er enttäuscht: die unmittelbaren realgeschichtlichen Tatsachen widersprachen seinen idealen Zukunftsvorstellungen. Doch in den 20er Jahren erreichte er den Höhepunkt seines Schaffens. Von 1924 bis zu seinem Tode im Jahre 1932 lebte Grin am Schwarzen Meer. Dort siechte er an Krebs dahin.

Ein »Ausländer der russischen Literatur«?

»Ungern, wider Willen, erkennen mich die russischen Zeitschriften und Kritiker an, fremd bin ich ihnen, merkwürdig und ungewohnt«, klagte Grin selbst um 1910 dem Verleger W. S. Miroljubow. »Ich habe es überhaupt schwer, meine Sachen unterzubringen, wahrscheinlich wegen der Besonderheiten, für die mich meine eifrigen Freunde des Plagiats aller Autoren aller Epochen und Länder beschuldigen, einschließlich Conan Doyles. So kennt man in Petersburg die ausländische Literatur«, schrieb Grin etwa zur gleichen Zeit aus seiner Archangelsker Verbannung an Brjussow.

So war es am Beginn von Grins literarischem Weg. In den 20er Jahren notierte Nina Grin, die Frau des Schriftstellers, noch ähnliche Bemerkungen Grins: »Der Name Edgar Allan Poe war fest an mich geheftet« … »Doch ich bin anders« oder: »Wann finden die Wege der Epoche und mein Weg zueinander? Wahrscheinlich schon ohne mich.«

Grin sollte recht behalten. Das Etikett eines Epigonen der westeuropäischen und amerikanischen Abenteuerliteratur, zumindest aber eines Ausländers der russischen Literatur haftete lange an ihm. Ende der 40er Jahre wurde es sogar neu besiegelt. Erst 1956 begann eine große Grin-Renaissance. Der um Neusicht von Literatur und Leben bemühte und sehr verdienstvolle Literaturkritiker Mark Stscheglow schrieb damals: »Die Poesie alter Seemannssagen und Liebeslegenden verbindet sich in den Werken Grins mit der Schärfe heutigen Denkens, mit dem, was der Menschheit die psychologische Tradition von Edgar Allan Poe bis Anton Tschechow gab.«

Grin erweckte früher den Argwohn traditionalistischer und normierender Kritiker allein schon durch seine für die russische Literatur ungewohnte, starke abenteuerliche Fabel, durch die exotische Landschaft, die ausgefallensten Umstände, die dramatischen bis melodramatischen Konflikte seiner Helden mit ausländischen Namen – also durch all das, was später als sein poetisch originelles »Grin-Land« Anerkennung finden sollte.

Grin selbst hat über seine Lektüre der Werke Defoes, E.T.A. Hoffmanns, Jack Londons, Stevensons und vor allem über seine Liebe zu Edgar Allan Poe oft geschrieben. Zugleich war er aber von seiner Eigenständigkeit tief überzeugt. Darüber hat er sich freilich nicht direkt geäußert. Aber seine Werke bekunden es.

Die komplizierten künstlerischen Beziehungen Grins zu den genannten Autoren zeitigten weder Plagiate noch unmittelbaren Einfluß. Gewiß hat Grin bei Stevenson das abenteuerliche Fabulieren und bei Poe die bis ins letzte genaue psychologische Analyse gelernt. Sie waren ihm nahe. Aber gerade das Gemeinsame offenbart das Unterschiedliche zwischen Grin und seinen Lehrern. So zeigt ein Vergleich seiner rätselhaften Geschichten mit Poes Short Stories deutlich Grins neue Fragestellung und Poetik. In Poes »Du bist der Mann« und auch in Grins »Die geheimnisvolle Schallplatte« bringt ein Mann seinen Freund um. Bei Poe wird das Verbrechen mittels logischer Kombinationsgabe und scharfsinniger psychologischer Analyse durch den Ich-Erzähler aufgedeckt und der Mörder zum Geständnis gebracht. In Grins Erzählung wird der Salieri-Mord eines Sängers und Schauspielers dagegen sofort in der Exposition berichtet. Die detektivische, logisch-analytische Schlußfolgerung – die äußere Auflösung des Rätsels – interessiert Grin überhaupt nicht. Das als Selbstmord getarnte Verbrechen war so perfekt eingefädelt, daß »sich selbst die scharfsinnigsten Leute nicht erklären konnten, warum der lebenslustige, glückliche Gonased Selbstmord begangen hatte«. Erst die phantastische Macht der Kunst bewirkt die Entlarvung des Mörders: Als der Mörder die Arie Mephistos »Alle Menschen dieser Erde« – die Lieblingsarie des Toten – für eine Plattenaufnahme singt, muß er an seinen Freund denken, »Erregung und Schwäche lähmten seinen Körper, die Stimme aber tönte unvermittelt stark und beseelt«. Und dann erklingt bei einer Feier plötzlich von der Schallplatte die Stimme des Toten. Sie zwingt den Mörder zum Geständnis.

Grins Thema hier, wie in anderen rätselhaften Geschichten, sind »die geheimen Wege der Seele«, die verborgenen »Ichs«, die sich außerhalb des Bewußtseins befinden.* Das veranschaulicht auch ein Vergleich der Interpretation des Wahnmotivs – der Sinnverwirrung – bei Poe und Grin, jenes zentralen Motivs der Romantiker, das ihre Verzweiflung über die Realität, ihr Sichfremd-Fühlen in der Zeit poetisch sinnfällig macht.

Das meisterhafte, auf der Grundlage feinster psychologischer Analyse entwickelte mystische Sujet von Poes »Der Untergang des Hauses Usher« gestaltet den materiellen und geistigen Untergang des Schöngeistes Usher und kündet von Angst und Resignation, von schrecklichen Ahnungen, von Fesseln einer unheimlichen Herkunft und eines bedrohlichen Milieus. Männer von ungeheuerlicher Sensibilität – am Rande des Wahnsinns stehend –

* Analog ist das Verhältnis Grins zu E. T. A. Hoffmann. Näheres dazu in: »Alexander Grin und die Phantastik der menschlichen Psyche«, Nachwort zu A. Grin »Der Rattenfänger«, Volk und Welt, 1984

sind auch die Helden vieler Grin-Erzählungen: In »Die Kraft des Unfaßbaren« gestaltet Grin das Ringen einer schwer lenkbaren geistigen Kraft gegen die hypnotische Macht der Kontrolle. Der Geiger Duplet wurde wahnsinnig, weil er in seinem leidenschaftlichen Streben scheiterte, die machtvolle Musik seiner unterbewußten Träume freizusetzen. Den »kleinen Mann« der alten russischen Literatur Ranow aus der Erzählung »Erna« erfaßte der Größenwahn, nachdem er zum Herrn des Hundes von Nikolai II. geworden war. Die scheinbar krankhafte Sehweise des Eli Star aus »Der Weg« hält nur seine Umwelt für Wahn. Er selbst begreift sie als fruchtbar und zwingend für sein Leben, unabhängig davon, ob dieser »Wahn« zu seinem Untergang führen sollte. Der Held der Erzählung »Der Mord im Vorort Kunstfisch« leidet an Verfolgungswahn. Er erfühlt sensibel eine Bedrohung, die von der Pseudokunst ausgeht. Grin läßt es offen, ob der Rachemord an einem Liebespaar, dessen Zeuge der Held wird, nur dessen Wahnvision war oder wirklich geschehen ist. Wesentlich ist, daß der Mord von einem naturalistisch-banalen und daher aggressiven Kunstgegenstand ausging. Die japanische Porzellanstatue eines Samurai, der die Hand am Säbelgriff hat, wird zum Sinnbild der grausamen und geschäftstüchtigen Welt ihres Schenkers. Die junge Frau ist überzeugt, daß ihr verhaßter Ehemann sie »mit den Augen dieses Götzen« ansieht, den er ihr als eine Vorankündigung seiner Rückkehr geschickt hat.

Das Wahnmotiv beschwört bei Grin keine Irrationalität des Daseins. Im Gegenteil: Es läßt die Phantastik menschlichen Innenlebens erkennen und zielt darauf ab, die zerstörerischen Kräfte im Menschen – Angst, Banalität, Grausamkeit – zu bannen und zu bewältigen. Grin wendet sich den psychologisch-phantastischen »Nachtseiten« der menschlichen Seele zu, weil er eine Lösung der Menschheitsprobleme weder von der Maschine, der Technik oder anderen Mechanismen erwartet, sondern auf die verborgenen unerforschten Reserven der menschlichen Psyche, des Willens und des Intellekts hofft und helfen will, diese freizusetzen. Deshalb zeigt er die Anziehungskraft von Vorstellungen, die gemeinhin als wahnwitzig oder unnormal gelten, die Abenteuer eines schöpferischen Bewußtseins als die schlummernden und zu weckenden Stimmen im Menschen.

Gleichzeitig gestaltet Grin die Bestrafbarkeit des Bösen, das sich nicht zufällig meistens selbst straft, und die Ohnmacht des Spießers vor dem Rätselhaften sowie seine letztlich vergebliche Sucht, es für eigennützige Zwecke umzuwerten.

Der »Ausländer« Grin ist mit dieser phantastischen Neusicht alter, »ewiger Themen« – vor allem auch der klassischen russischen Literatur – in seiner nationalen Tradition tief verwurzelt. Darüber besteht heute bereits kein Zweifel mehr. Die Ideale und Ideen sowie die Phantastik und der ethische Maximalismus eines Puschkin, Gogol und Dostojewski leben in der romantischen Welt von Grins »rätselhaften Geschichten« zwar ungewöhnlich, doch machtvoll und rigoros wieder auf.

Und gehört das ganze »Grin-Land« nicht zugleich auch – und das in erster Linie – zu jener eigenwilligen frühen Sowjetliteratur, die einst als idealistisch, mystisch, antirealistisch oder kosmopolitisch angegriffen, sich Jahrzehnte später als prophetisch, als Erstentdecker eines neuen Weltzustandes und Vorbote des »neuen Denkens« erweisen sollte?

Berlin, Juli 1987 *Lola Debüser*

Inhalt

300 Exemplare dieser Edition
enthalten eine signierte,
arabisch numerierte Photographik
von Ulrich Lindner.
20 Exemplare dieser Ausgabe
sind römisch numeriert und
nicht für den Handel
bestimmt.

ISBN 3-353-00509-9

1. Auflage

L. N. 302, 410/4/89
Printed in the German Democratic Republic

Buchgestaltung: Hans-Joachim Petzak
Gesamtherstellung:
Offizin Andersen Nexö, Graphischer Großbetrieb,
Leipzig III/18/38
LSV 7201
Bestell-Nr. 649 015 6
02480